Aylin Atmaca

Ein Alman feiert selten allein

Roman

HarperCollins

1. Auflage 2022
Originalausgabe

Aylin Atmaca wird von der Agentur Brauer vertreten
Gesetzt aus der Stempel Garamond
von GGP Media GmbH, Pößneck
Druck und Bindung von CPI books GmbH, Leck
Printed in Germany
ISBN 978-3-365-00072-4
harpercollins.de

Klimaneutral
Druckprodukt
ClimatePartner.com/15109-2009-1001

MIX
Papier
FSC FSC® C083411

Für Jan

Prolog

Wer hat sich eigentlich ausgedacht, dass Weihnachten das Fest der Liebe sein soll? Ich meine, das muss ja irgendwer irgendwann mal festgelegt haben, ehe es von allen, ohne groß darüber nachzudenken, für beschlossene Sache erklärt und in den Kalender eingetragen wurde, um von da an Jahr für Jahr gefeiert zu werden.

An sich ist das mit Weihnachten ja auch gar keine so dumme Idee. Einmal im Jahr ist allen klar: Jetzt ist man drei von dreihundertfünfundsechzig Tagen lieb zueinander. Drei Tage. Nicht mal eine halbe Woche. Das kriegt man doch hin! Die restlichen dreihundertzweiundsechzig Tage kann man dann ja gerne auch wieder anderer Meinung oder einander egal sein, sich von mir aus trotzdem weiter gernhaben oder eben leidenschaftlich hassen.

Nur, mit der Liebe auf Kommando und dem Umstand, daraus dann auch gleich noch ein mehrtägiges Fest zu machen, ist das so eine Sache. Lieb sein ist ja kein Schalter, den man mal eben so mir nichts, dir nichts umlegt, und plötzlich liegt man sich in den Armen und vergisst, was einem an seinem Gegenüber schon seit Ewigkeiten auf die Nerven geht.

Harmonie auf Knopfdruck? Schwierig. Ich meine, das kann man gerne versuchen, und möglicherweise geht das auch ein paar Wochen, Monate oder sogar Jahre gut. Und irgendwann, von jetzt auf gleich, dann nicht mehr. Wissen auch meine Eltern. Die sind jetzt nämlich seit gut fünf Jahren geschieden. Denen muss ich nicht mit dem *Fest der Liebe* kommen.

Gut, musste ich aus religionstechnischen Gründen ohnehin nie. Ich muss mich an Heiligabend glücklicherweise nicht entscheiden, wen von den beiden ich besuchen möchte. Weihnachten feiert in unserer Familie nämlich sowieso keiner mehr, seit die Kinder, also meine Schwester und ich und unsere Cousinen und Cousins, erwachsen sind. Aber das ist ein anderes Thema.

Jedenfalls hat mir das gezeigt, dass es genau andersherum ist, als ursprünglich gedacht: Wenn man sich vornimmt, jemanden für eine bestimmte Zeitspanne besonders lieb zu haben, gelingt einem das mit an Sicherheit grenzender Wahrscheinlichkeit genau dann so gar nicht. Mehr noch: Die ursprünglich mal positiv angedachten Gefühle werden im Handumdrehen zu blankem Hass oder wenigstens zu latenter Genervtheit.

In etwa so, wie aus dem bisschen Schnee, der hier gerade aus dem dunklen Dezemberhimmel gerieselt kommt, in null Komma nix Matsch wird. Meine Füße stecken in viel zu großen Birkenstock-Sandalen, die eigentlich meiner Schwiegermutter in spe gehören. Gäste-Pantoffeln – oder Terliks, wie wir sie nennen – gibt es bei deutschen Familien nämlich nicht. Meine Socken sind vom Schneematsch schon ganz aufgeweicht, und der Wind pustet unter meinen Mantel.

Es fröstelt mich. Aber das ist mir gerade egal. Ich brauche nämlich Zeit für mich. Und Ruhe, die brauche ich auch. Ganz dringend. Denn heute ist Weihnachten, also Heiligabend, und die letzten fünf Stunden waren alles, nur nicht besinnlich.

Ich zünde mir noch eine Zigarette an, nehme einen tiefen Zug und blase den Rauch in die Luft. Es ist ja nicht so, dass ich mir das alles ausdenken würde. Ich habe handfeste Beweise dafür, dass das mit Weihnachten und der Liebe so gar nicht zusammengeht – und zwar jede Menge.

Für die muss ich nur einen Blick durch die dreifachverglaste Terrassentür ins Wohnzimmer der Familie von Jonas werfen. Denn was sich dort nur wenige Zentimeter von mir entfernt abspielt, hat mit Liebe nicht mehr viel zu tun – und mit Weihnachten schon mal gar nicht.

Jonas' Mama ist eigentlich damit beschäftigt, in der Küche zu stehen und die Reste des Weihnachtsessens per Küchenwaage zu portionieren, die korrekte Grammzahl an Geflügelbraten, Klößen und Rotkraut in Plastikboxen, pardon, Tupperdosen zu verpacken und diese anschließend mit Namensschildern zu versehen. Die Anzahl der nachweihnachtlichen Carepakete, oder besser gesagt Resteverwertungs- und/oder Müllvermeidungspakete, wächst und wächst.

Gerade muss das Abwiegen und Verpacken allerdings pausieren, denn die auf allen erdenklichen Hockern und Tischen stehenden Keksteller wollen mit Nachschub in ihren Originalzustand zurückversetzt werden. Und das heißt, dass Jonas' Mutter auf jeden von ihnen die genau gleiche Anzahl von Plätzchen, Lebkuchen und Co verteilt. Außerdem müssen die selbst gedruckten und von Hand gebundenen Liederhefte vom der Bescherung vorangegangenen Weihnachtssingen wieder eingesammelt und fein säuberlich im Regal einsortiert werden.

Anschließend hechtet Jonas' Mutter, die ich seit zehn Minuten offiziell Evelyn nennen darf, mit panischem Blick von einem anwesenden Familienmitglied zum nächsten, um jedem mit einer passiv-aggressiven Geste einen Korkuntersetzer zwischen dessen Getränk und die Glasplatte des Couchtisches zu schieben und drohenden Flecken schon mal prophylaktisch vorzubeugen.

Im Hinblick auf Jonas und seinen Vater gestaltet sich dieses Unterfangen allerdings etwas aufwendiger als angenommen. Denn Jonas' Papa aka Harald aka Harry hat unser Geschenk an ihn, einen streng limitierten Wacholderschnaps aus dem Schwarzwald, zum Anlass genommen, seinem Sohn doch gleich mal die volle Bandbreite seiner Gin-Sammlung vorzuführen. Und das macht natürlich am meisten Sinn, wenn man die gesammelten Sorten auch schmecken kann. Das Gin-Tasting der beiden ist im vollen Gange, was heißt, dass sie gerade bei Flasche sechs von zehn angekommen sind. Harry hat sich, kein Witz, sogar extra ein Shirt mit der Aufschrift »Der Gin des Lebens« übergezogen. Dass er überhaupt so ein Shirt sein Eigen nennt, ist wohl die größte Überraschung für mich an diesem Abend.

Neben zwanzig Gläsern, unter die Jonas' Mutter natürlich jeweils einen ihrer Untersetzer platzieren muss, steht außerdem auch eine ganze Batterie an Kräutern und Früchten vor den beiden. Leider waren auch die Gin-Zusätze, neudeutsch Botanicals, ein Geschenk von uns. Folglich wird jeder neue Schluck jetzt mit einer Prise Kardamom, einem Hauch Hibiskus und weiß der Geier was verfeinert.

Jonas' Vater hält zu jeder neuen Sorte Gin einen mehrere Minuten andauernden Vortrag und befragt ihn im Anschluss an jeden Schluck nach seinem Geschmackseindruck, der selbstredend anschließend fein säuberlich in eine Liste eingetragen wird. Ich bin mir sehr sicher, dass Jonas sich die Assoziationen ausdenkt. Denn wenn wir zusammen kochen, dann kann er kaum Zwiebeln von Knoblauch unterscheiden, geschweige denn Gewürze kombinieren. Man merkt sehr eindeutig, dass er, wie die meisten Deutschen, in einem reinen Salz-und-Pfeffer-Haushalt aufgewachsen ist.

Wie viel die Notizen im Hinblick auf das Promillelevel der

beiden allerdings am nächsten Morgen noch wert sein werden, ist außerdem eine andere Frage.

Eine, die sich Jonas' Cousine Patrizia mit ziemlicher Sicherheit nicht stellen wird. Sie liegt mit geschlossenen Augen, hinter dem Kopf verschränkten Armen und ihren, vor einer halben Stunde von Jonas' Eltern erhaltenen nagelneuen Bluetooth-Kopfhörern mit Noise-Cancelling-Funktion in den Ohren auf dem Sofa. Während sich ihr Freund Carlo mit ihrer Mutter Claudia unterhält. Ihre Füße wippen im Takt eines Songs, den nur sie hört, und ich weiß jetzt schon, dass ich mir von dem Fünfzigeuroschein, den mir Jonas' Großeltern vorhin in einem unbeschrifteten Umschlag eher widerwillig überreicht haben, vermutlich ein ähnliches Exemplar kaufen werde.

Jemand, der so gar nichts mit solchen Kopfhörern anfangen könnte, ist Opa Helmut. Der muss einfach nur sein Hörgerät abstellen. Was er auch getan hat. Also hat er eigentlich alles richtig gemacht. Er ist vom ganzen Bescherungs-Prozedere und vielleicht auch dem einen oder anderen Cognac zu viel mittlerweile doch ziemlich mitgenommen und hat sich leise, still und heimlich auf den Ohrensessel in der Ecke zurückgezogen und ist von dort hin ins Reich der Träume verschwunden. Sein Schnarchen kann ich bis hier draußen hören. Noch ein Argument für Noise-Cancelling-Kopfhörer.

Seine Frau Barbara sitzt derweil im Sessel daneben und ist im Gegensatz zu ihrem Gatten wach. Aber so richtig. Muss sie auch. Denn sie ist durch und durch damit beschäftigt, demonstrativ zu schweigen, so wie den ganzen Tag schon. Ich habe nicht ein Wort aus dem Mund dieser Frau gehört – damit man ihr auch ja ansieht, wie wenig Gefallen sie an all dem findet, was hier gerade und in den letzten Stunden um sie herum passiert ist.

Einer Galapagos-Schildkröte gleich lässt sie den grimmig dreinblickenden Kopf auf ihrem faltigen Hals von einer Ecke des Wohnzimmers in die andere und wieder zurück wandern. Der Konsum, die vielen Geschenke, das übermäßige Essen. Die Jüngeren ohne Anstand, die Älteren ohne Ordnung. Alles, aber wirklich alles an ihr strahlt aus: Zu ihrer Zeit hätte es so etwas ganz bestimmt nicht gegeben.

Wann denn *ihre* Zeit war, ließ sich an dem pikierten Blick erahnen, den sie mir zuwarf, nachdem sie mich als eindeutig nicht-christlich-deutsch identifiziert hatte. Zum Glück muss ich vermutlich nicht mehr so viele Heiligabende in ihrer Gesellschaft verbringen. Der Zahn der Zeit nagt nicht nur an ihrem Mindset, sondern ihrer fahlen Gesichtsfarbe nach zu urteilen auch eindeutig an ihrer Gesundheit.

Geschichte ist ohnehin ein gutes Thema. Findet auch Jonas' Onkel Georg, der über seine Lesebrille auf sein neues iPad starrt und mit ausgestrecktem Zeigefinger umständlich darauf herumwischt. Jetzt blickt er sich gerade suchend um; da sich alle anderen im selben Raum befinden, muss er offensichtlich nach mir Ausschau halten. Ich habe die Befürchtung, dass er das halbe Internet nach in seinen Augen interessanten und erstaunlichen Fun Facts zum Thema Türkei und Weihnachten durchforstet. Der Umstand, dass die Türkei ja in erster Linie ein muslimisches Land ist, aber genau dort der Ursprung für so viele christliche Erzählungen und Ideen liegt, will ihm scheinbar einfach nicht in den Kopf.

Sicher wird er all seine frisch gesammelten Erkenntnisse gleich in einem halbstündigen und exklusiv für mich bestimmten Vortrag zusammenfassen. Nachdem er mich vorhin schon gefragt hat, ob es in der Türkei Weihnachten gibt, ist ja nur klar, dass er mich gleich mit dem unglaublichen Fakt überraschen wird, dass der Nikolaus ja eigentlich aus der Türkei stammt.

»Nein, Georg, das ist mir gänzlich neu. Bitte erzähl mir mehr über das Heimatland meiner Eltern und ihre Bräuche!«, höre ich mich schon sagen und bete inständig, dass ihm das iPad gleich aus der Hand rutscht und dann einer von Jonas' Neffen drauftritt.

Noch führen die beiden aber einen unerbittlichen Kampf um eins der bunten Autos, die bei unserem Geschenk dabei waren. Dabei hatte mir Jonas hoch und heilig versichert, die beiden wären alt genug, um das zu verstehen und richtig gut im Teilen. Sieht eher nicht danach aus.

Überhaupt bin ich mir nicht so sicher, ob unsere Geschenke wirklich gut ankommen. Jonas' große Schwester Bianca beäugt kritisch das blinkende und tutende Spielzeug-Parkhaus, das wir ihren Söhnen geschenkt haben. Sie nimmt eines der Fahrzeuge mit spitzen Fingern in die Hand und hält es sich unter die Nase, um daran zu riechen. Dann verzieht sie angeekelt das Gesicht. Über Plastikspielzeug voller ausdünstender Weichmacher freuen sich eben auch nur kleine Kinder und keine Akademiker-Mütter. Das Geschenk wird bei der Abreise garantiert *aus Versehen* hier »vergessen« oder landet spätestens zu Hause im Müll.

Bei dem Gedanken, gleich auch nur einen meiner beiden völlig durchnässten Birkenstockfüße wieder in diesen pseudobesinnlichen Wahnsinn zu setzen, läuft mir kurz ein Schauer über den Rücken. Aber dann denke ich auch wieder an Jonas. Unser erstes gemeinsames Weihnachtsfest habe ich mir definitiv anders vorgestellt.

Das ist eines meiner Lebensziele: Dinge genau so empfinden, wie ich sie mir vorher ausgemalt hatte. Nicht besser, nicht schlechter. Das wäre meine liebste Superkraft, immer ganz genau einschätzen zu können, wie etwas wird. Keine Überraschungen, keine Enttäuschungen, keine unrealistischen Szenarien in meinem Kopf, die ich immer und immer wieder vor dem eigentlichen Ereignis durchspiele. Keine tagelange

Anspannung, um am Ende dann zu sagen: War ja gar nicht so schlimm – oder: War ja doch viel schlimmer als gedacht. Sondern: Es war genau so, wie ich es mir vorgestellt hatte!

So stelle ich mir wahre Zufriedenheit vor.

Die Sache ist: Man macht sich am Anfang einer Beziehung ja überhaupt keine Gedanken über solche Dinge wie gemeinsame Feiertage oder Familienfeste. Man lernt einen Menschen kennen und denkt nicht gleich: »Mit dem kann ich bestimmt gut Weihnachten feiern!« oder: »Also, wenn ich am 24. Dezember mit zu seinen oder ihren Eltern muss, kann ich das Ganze auch jetzt hier an Ort und Stelle gleich beenden!«

Man denkt ja eher daran, ob man über die gleichen Witze lacht, die gleiche Musik mag oder ob das auch was wird, wenn dem nicht so ist. Ob das funktioniert, wenn ein Fleischliebhaber und eine militante Vegetarierin unter einem Dach wohnen müssen oder der eine schon einpennt, wenn »GZSZ« läuft, während der andere bis weit nach Mitternacht Netflix bingt.

Aber Weihnachten feiern? Ob das klappt, stellt man erst fest, wenn es so weit ist. Oder noch eher danach. Weil man dann gemerkt hat, wie es so war. Aber das ist ja schon auch nicht unwichtig, weil dieses Fest eben einmal im Jahr im Kalender steht und man sich irgendwie dazu verhalten muss.

So, wie meine Familie und ich es auch tun mussten.

1

Drei Monate zuvor …

Jonas hält mir triumphierend einen roten Umschlag vors Gesicht, den er gerade aus dem Briefkasten gefischt hat. Auf dem Kuvert sind in goldener Schönschrift unsere beiden Namen und unsere Adresse geschrieben worden.

»Schau mal, ich hab's doch gesagt. Da ist sie!«

»Da ist *was*?«, frage ich atemlos, während wir die Treppen zur Wohnung hinaufgehen.

»Na, die Weihnachtskarte von meinen Eltern.«

Für einen Moment denke ich, dass ich mich möglicherweise verhört habe. Die Weihnachtskarte? Wir haben gerade mal September! Wenn man so will, ist also immer noch Spätsommer. Und da verbringt man so viel Zeit wie möglich an der frischen Luft und genießt die letzten Sonnenstrahlen. Vielleicht isst man auch ein Eis oder geht in den Park. Oder, oder, oder. Aber man denkt doch nicht an Weihnachten und verschickt auch ganz bestimmt keine Karten, die im direkten Zusammenhang mit diesem Fest stehen, das im tiefsten Winter stattfindet!

Aber nachdem wir die Wohnungstür geschlossen und den Briefumschlag geöffnet haben, muss ich feststellen, dass Jonas'

Eltern es offensichtlich ernst meinen: Die Weihnachtskarte, die ich gerade in den Händen halte, ist ein Meisterwerk aus grünem und rotem Karton, Glitzerband, Schmucksteinchen und Buchstaben in Gold – und eigentlich ganz schön.

»Wo hat deine Mutter die Karten denn gekauft?«, frage ich.

»Gekauft?«, sagt Jonas und lacht.

»Ja, was denn sonst?«

»Das, was du da in den Händen hältst, Elif, ist ein Neubauer-Original. Liebevoll von Hand angefertigt und jährlich streng limitiert auf zweihundert Stück.«

»Du willst mir erklären, dass deine Mutter jedes Jahr zweihundert von den Dingern hier bastelt?«

»Mittlerweile«, sagt Jonas. »Früher mussten meine Schwester und ich auch helfen. Das war ein Job fürs ganze Jahr. Wenn bei uns zu Hause die ersten Karten ankamen, wurden sofort alle fein säuberlich abgeheftet und noch vor Silvester gemeinsam entschieden, welche Karte für das Fest im nächsten Jahr als Inspiration herhalten durfte. Im Januar ging es in den Bastelladen, und ab Februar wurden dann schon erste Probekarten gebastelt.«

Ich starre Jonas ungläubig an. Aber bevor ich die Schilderungen vom Neubauer'schen Weihnachtskarten-Sweatshop kommentieren kann, vibriert mein Handy.

»Mama Jonas hat dich zur Gruppe WEIHNACHTSWUNDER 2019 eingeladen«, steht auf meinem Display. Wobei vor und hinter dem Wort »Weihnachtswunder« jeweils ein Tannenbaum-Emoji platziert worden ist.

Ich klicke auf die Gruppeninfo. Neben Jonas' Eltern, seiner Schwester und mir befinden sich noch ganze achtunddreißig weitere Teilnehmer in der Gruppe. Es werden drei verschiedene Feste geplant, einmal bei Jonas' Eltern am 24. und außerdem noch zwei Feiern in etwas größerem Rahmen am ersten und am zweiten Weihnachtsfeiertag.

Jonas und ich verbringen nur den Heiligabend mit seiner Familie. Meiner Meinung nach ist das *der* einzig wahre Weihnachtstag; die beiden Tage danach sind einfach nur gefühlt zwei Sonntage hintereinander und dienen ausschließlich dazu, sich von Heiligabend zu erholen. Bei dem Gedanken, mein erstes echt deutsches Weihnachtsfest zu feiern, macht sich ein wohlig warmes Gefühl in meinem Bauch breit, und ich bin ganz gespannt, wie der Tag wohl so wird.

Immerhin geht ein kleiner Kindheitstraum von mir in Erfüllung: endlich das Fest so zu verbringen, wie all meine deutschen Freund:innen es immer verbracht haben. Das würde ich so aber niemals vor irgendjemandem zugeben, weil ich schon lange kein Kind mehr bin. Andererseits bin ich aber auch total aufgeregt, weil es eben nicht nur mein erstes *richtiges* Weihnachtsfest sein wird, sondern auch das allererste Treffen mit Jonas' Familie, bei der ich natürlich einen guten Eindruck hinterlassen will. Zu meiner Erleichterung nimmt zum Glück nur ein Bruchteil der Verwandten am Heiligabend teil, was meine Performanceangst etwas minimiert.

Während ich noch dabei bin, die Telefonnummern und Profilbilder zu studieren und mit den Erzählungen von Jonas abzugleichen, rauscht schon die erste bildschirmfüllende Nachricht in den Gruppenchat.

»Hallo, ihr lieben Neubauers und alle Neu-Neubauers 😊 Weihnachten hat es ja bekanntlich so an sich, dass es jedes Jahr gefeiert wird. Um die Planung für uns alle etwas zu erleichtern, dachte ich, es wäre an der Zeit, vielleicht schon mal diese Gruppe hier ins Leben zu rufen. Ist zwar noch ein bisschen bis zum 24., 25. und 26. Dezember, aber so sind wir schon mal alle beisammen und immer jeder auf dem neuesten Stand. 😊 Heute dürfte jeder Haushalt ja auch unsere Weihnachtskarte bekommen haben. Es wäre ganz toll, wenn ihr uns bis Ende der Woche Bescheid gebt, ob ihr kommt, damit wir ein bisschen planen können. Absagen werden natürlich nicht akzeptiert 😉 Gerne dürft ihr uns dann auch gleich mitteilen, ob ihr einen Kuchen oder Kekse zum Kaffee mitbringen mögt. Soweit ich weiß, hatte Bea angekündigt, einen Glühweinkuchen aus dem Thermomix beizusteuern?!«

Ich weiß gar nicht, wo ich anfangen soll. Bei den Nasen-Smilies von Jonas' Mutter, dem Glühweinkuchen aus dem Thermomix oder vielleicht auch einfach bei dem Umstand, dass ich gerade mit achtunddreißig mir fremden Menschen in einer gemeinsamen WhatsApp-Gruppe gelandet bin, um den Ablauf des diesjährigen Weihnachtsfestes zu planen. Im September!

Ich bin der festen Überzeugung, dass WhatsApp-Gruppen eine Erfindung des Teufels sind. Oder sagen wir so: Wenn es einen Teufel geben würde, wäre er sicher den halben Tag damit beschäftigt, WhatsApp-Gruppen zu eröffnen und wahllos Menschen dorthin einzuladen.

Das Problem ist, dass man sich irgendwie zu diesen Gruppen verhalten muss und davon gleich alle anderen Teilnehmer mitbekommen. Natürlich wäre es ein Leichtes, die Gruppe einfach zu verlassen. Aber dann könnte ich vermutlich auch die Beziehung zu Jonas gleich hier an Ort und Stelle beenden. Die Gruppe stummschalten und Jonas die Arbeit machen lassen wäre eine Option. Aber ein Schweigen meinerseits würde natürlich sofort Fragen aufwerfen und sicher gleich als »schwieriges« Verhalten ausgelegt.

»Hallo, Evelyn, toll mit der Gruppe! Die Technik macht's möglich!«, meldet sich eine mir unbekannte Nummer zu Wort und schickt gleich einen YouTube-Link hinterher, der zum Video einer »Last Christmas«-Parodie führt.

Deutsche Comedians, die als George Michael und der andere von WHAM! verkleidet sind, bewerfen sich mit Erde und Dreck und singen zur Originalmelodie einen umgeschriebenen Text, der davon handelt, dass es auch dieses Jahr sicher keine weiße Weihnacht geben wird.

»Klasse, Anke! :-D«, schreibt Jonas' Mama und kontert mit einem Foto, auf dem zwei Cartoon-Tannenbäume nebeneinanderstehen. Der eine ist mit Kugeln und Girlanden behangen, der andere nicht. In einer Sprechblase über dem ungeschmückten Tannenbaum steht: »Du läufst ja schon wieder rum wie ein Flittchen!«

Jetzt gibt es kein Halten mehr. Das schlüpfrige Bildchen von Jonas' Mutter löst eine Lawine an lachenden Emojis aus, die gleich noch mehr witzigen Weihnachts-Content nach sich zieht. Mein Hirn drückt von innen auf meine Augäpfel, oder zumindest fühlt es sich so an, als würde es das. Ich weiß jetzt schon: Weihnachten wird anders als sonst.

»Nach dem elften Glühwein zieht mein Schuh etwas nach links«, postet das Profilfoto eines Mannes, den ich wegen seines nicht vorhandenen Haupthaars und des dafür umso üppiger wachsenden Vollbarts als Onkel Georg identifiziere.

Nachdem sich die Stimmung wieder etwas beruhigt hat, beschließt Jonas' Mutter, wieder zur Tagesordnung überzugehen.

»Georg, isst deine Tochter immer noch kein Fleisch?«, fragt sie in die Runde.

Und während ich mich noch darüber wundere, dass Patrizia nicht direkt angesprochen wird, hat Onkel Georg als Reaktion natürlich gleich den passenden Cartoon parat. Eine Zeichentrick-Kuh steht irritiert auf der Wiese, während vor ihr ein Mensch leidenschaftlich grast.

»Vegetarier essen meinem Essen das Essen weg, sage ich da nur!«, meldet sich Claudia zurück.

»Ich esse nur Fleisch, weil mir die kleinen Tofus so leidtun«, legt Georg noch mal nach.

Was sich hier gerade abspielt, ist wirklich schlimmer als jede Comedy Night auf RTL. Was ist das überhaupt mit Boomern und ihrer Vorliebe für vor Klischees triefenden Cartoons?

In mir zieht sich alles zusammen. Wie soll ich bitte Weihnachten mit all diesen Menschen überstehen, wenn das pseudolustige Gag-Feuerwerk in Chatform schon schambedingte Hitzewallungen in mir auslöst? Am besten ist vermutlich, mich erst mal unverfänglich mit einem lachenden Emoji einzubringen und danach wieder zu schweigen.

»Das war ein Fehler«, höre ich Jonas aus der Küche rufen.

Denn gerade als ich das gelbe Gesicht mit den tränenden Augen abgeschickt habe und den Chat schließen will, nimmt mich seine Mutter in den kommunikativen Würgegriff.

»Wir haben dieses Jahr übrigens einen neuen Gast. Jonas wird von seiner Freundin Elif begleitet. Elif ist schon ganz gespannt darauf, wie wir Sauerländer so Weihnachten feiern!«

»Hallo, Elfi«, kommt es gleich von Claudia zurück, aber Onkel Georg schießt den Vogel ab.

»Gut, wenigstens darfst du ja Rindfleisch essen. Dann wirst du hier keine Probleme haben.«

Das ist der Moment, in dem ich die Gruppe stummschalte und mein Smartphone genervt ans andere Ende des Sofas werfe.

»Ich hab dich gewarnt!«, sagt Jonas, während er sich zu mir setzt.

»Ja, aber erst, als es schon zu spät war!«

»Die Gesprächsgepflogenheiten in den Gruppenchats meiner Familie sind …«

»… idiotisch?«

»Ich hätte jetzt ›speziell‹ gesagt, aber gut, so kann man es auch nennen«, sagt Jonas, während er gedankenverloren auf seinem Smartphone herumwischt.

»Was machst du da eigentlich?«

»Nichts, wieso?«

»Du schickst da jetzt aber kein Lach-Emoji als Antwort an Georg?«

»Nein!«, sagt Jonas und hält mir den Startbildschirm seines Smartphones hin. »Sag mal, was wünschst du dir denn eigentlich zu Weihnachten?«

»Du verarschst mich doch, oder? Erst die Karte, dann der Chat, jetzt fragst du mich nach meinem Wunschzettel. Jonas, wir haben September!«

»Ich weiß, ich weiß, aber es ist halt nur …«

Jonas drückt wieder auf seinem Bildschirm herum.

»Was denn?«

»Mama muss das schon mal wissen.«

»Ich weiß noch nicht mal, was ich mir zum Geburtstag nächste Woche wünsche.«

»Aber Mama möchte ein bisschen planen.«

»Ja, das habe ich schon gemerkt. Was gibt es denn da bitte groß zu planen?«

»Na ja, zum Beispiel, wie viel Platz für uns beide unterm Baum frei gehalten werden muss.«

»Das ist nicht dein Ernst!«

»Meiner nicht, aber der von meiner Mutter. Wir müssen bis Ende der Woche durchgeben, was wir wem schenken.«

Ich schlittere hier wirklich von einer vorweihnachtlichen Panikattacke in die nächste. Nicht nur, dass dieser um sich greifende Planungswahn meiner eher als spontan zu bezeichnenden Alltagsgestaltung widerspricht und ich gleich im ersten Moment meines Auftretens in der Familiengruppe problematische bis rassistische Sprüche kassiere, nein, zu allem Überfluss soll ich jetzt auch noch meine nicht vorhandene Geschenkeplanung offenlegen. Ich überlege, ob ich nicht doch besser zu Hause bleiben sollte. Aber Jonas' Eltern würde ich schon gerne mal kennenlernen. Das letzte Mal, als sie hier waren, war ich nämlich bei meiner eigenen Familie und hab die beiden somit verpasst. Eine Zwickmühle also.

Ganz abgesehen davon habe ich noch nicht mal eine Ahnung, was ich Jonas eigentlich schenken werde. Um ehrlich zu sein, hatte ich darauf gehofft, mich Mitte Dezember von einer spontanen Eingebung oder einem mehr als offensichtlichen Hinweis aus seiner Richtung inspirieren zu lassen.

Dabei war das mit den Geschenken an Weihnachten ohnehin schon immer so eine Sache. Schon als Kind in der Schule. Nicht nur, dass es schon vor den Ferien ein Riesenthema war, wer welches Geschenk von welchen Großeltern bekommen würde oder mitunter schon in einem supergeheimen Versteck entdeckt haben könnte, sondern auch nach den Ferien gab es kein anderes Thema als Weihnachten.

Wir saßen im Stuhlkreis und sprachen darüber, wie wir die Weihnachtsferien verbracht hatten. Ganz abgesehen davon, dass ungefähr neunundneunzig Prozent der Kinder mit ihren Familien in irgendwelchen Wintersportgebieten Urlaub gemacht hatten und mir das Konzept Skifahren sehr suspekt war, ging es natürlich um die Geschenke, die an Weihnachten unter dem Baum gelegen hatten.

Minutenlang hörte ich Sarah, Tobias und Anna-Lena dabei zu, wie sie ihre wahr gewordenen Wunschzettel runterbeteten. Fahrräder, Kettcars, ferngesteuerte Autos, Keyboards, Game Boys. Und zwar jeder! Ich bekam *eine* Barbie; wenn ich Glück hatte war sie neu; wenn mein Vater Glück hatte, war sie vom

Flohmarkt. Steffi hingegen gleich das Traumhaus und mehrere Puppen.

Auch das setzte meine Eltern wieder unter Druck, und sie nahmen für uns nicht nur einen weiteren Feiertag in ihren Kalender, sondern auch die Anschaffung von einigermaßen akzeptablen Geschenken in ihrer Finanzplanung mit auf.

Jonas öffnet seine Notizen-App.

»Also, Papa bekommt entweder ein Buch oder irgendwas mit Gin. Der ist ja gerade auf so einem Wacholderschnaps-Trip, weil er da in der *Lokalzeit* was drüber gesehen hat. Fällt dir was für Mama ein?«

»Ein Social-Media-Ratgeber vielleicht?«

»Das würde sie gleich als Angriff werten«, sagt Jonas und lächelt gequält. »Lieber irgendetwas Unverfängliches. Den ersten Platz der Sachbuch-Bestsellerliste oder so.«

Jonas führt seinen Monolog im Hinblick auf die über Jahre etablierte Schenk-Politik der Familie Neubauer in Seelenruhe weiter aus.

»Für die Kids hat Bianca mir schon ein paar Links geschickt. Wir Geschwister schenken uns nichts. Ihr Mann, Robert, bekommt aber wenigstens was Kleines. Der mag Kartenspiele ganz gerne. Vielleicht finden wir da was Witziges. Mit meinen Cousinen und Cousins haben wir auch abgemacht, dass wir uns nichts schenken. Da könnten wir vielleicht einfach Kekse … Ich könnte meine Mutter auch mal nach ihren Listen fragen.«

»Listen? Listen? Wie in der Mehrzahl von Liste?«, frage ich ungläubig.

»Ja, Mama führt zum Beispiel jedes Jahr eine Liste, wer was von wem geschenkt bekommen hat, um zu verhindern, dass es in den Jahren darauf noch mal verschenkt wird. Das ist immer ein ganz guter Leitfaden für die eigenen Geschenkideen.«

Scheint fast, als sollte ich mir so langsam auch mal einen Leitfaden erstellen, um halbwegs unbeschadet durch die nächsten Monate zu kommen …

2

Die große Frage, die ich mir jeden Dezemberanfang oder dieses Jahr eben schon im September aufs Neue stelle, lautet: Warum sind wir in der Türkei eigentlich nicht selbst auf die Idee mit Weihnachten gekommen? Eigentlich ist es doch so naheliegend: die opulente Weihnachtsdeko in Rot und Gold. Dann die Geschichte von Geburt und Kreuzigung Jesu. Maria und Josef und ein uneheliches Kind im Kuhstall. Besucher, die Gastgeschenke mitbringen. Armut, Verrat, Leiden, große Gefühle! Ich meine, alle türkischen Filme handeln seit eh und je von genau diesen Themen.

Es wäre für uns doch ein Leichtes gewesen, dieses überbordende Faible für Kitsch und Dramatik zu einem weltweiten Brauch auszuweiten und daraus ganz nebenbei noch Profit zu schlagen. Aber das waren dann doch andere. Wer sich Weihnachten warum und wie genau ausgedacht hat, war mir lange aber nicht so wirklich klar. Meinen Eltern übrigens auch nicht.

So richtig weiß ich das immer noch nicht. Klar war nur, dass sie sich mit ihrer Ankunft in Deutschland nicht nur um solche existenziellen Dinge wie einen Job, eine Wohnung und ein grundlegendes Sprachverständnis kümmern mussten, sondern nach und nach obendrein mit den seltsamsten Traditionen konfrontiert wurden – und sich irgendwie zu ihnen verhalten mussten.

Wenn man im Rheinland geboren und groß wird, dann ist es vielleicht das Normalste der Welt, dass allen Männern an Weiberfastnacht von den Frauen die Krawatten abgeschnitten werden. Auch das Eiersuchen an Ostern ist den meisten Deutschen vermutlich längst in Fleisch und Blut übergegangen. Aber seien wir mal ehrlich: ein Hase, der einmal im Jahr gekochte Eier in Vorgärten und hinter Sofakissen versteckt?!

Meinen Eltern schwirrte vor lauter Bräuchen und Festtagen, die ja mit einem Mal zusätzlich zu ihren eigenen gefeiert werden wollten, durften, mussten oder konnten, gehörig der Kopf. Nur so lässt es sich erklären, dass sie meiner älteren Schwester zur Einschulung nicht nur die obligatorische, bis oben hin mit Süßigkeiten aller Art vollgestopfte Schultüte in die Hand drückten, sondern das vollkommen verstörte Mädchen obendrein in ein Extra für diesen Anlass angeschafftes Dirndl steckten – und das, obwohl Bayern sich ein paar Hundert Kilometer südlich von unserem damaligen Wohnort befand.

Und selbst wenn man eine Sache begriffen hatte, kamen doch wieder die regionalen Unterschiede hinzu. Karneval hieß mal Fastnacht, dann Fassenacht oder Fasnacht, hier Fasnet, dort Fasching, anderswo Fastabend, Fastelovend, Fasteleer oder, warum auch immer, fünfte Jahreszeit. Das Oktoberfest gab's gleich zweimal. Auf den Wiesn, die aber nicht das Gleiche wie die Wasen waren. Und das im September.

Gegen derlei quer über die Deutschlandkarte verstreutes Brauchtumchaos war Weihnachten mit seinen Abläufen ein organisatorisches Kinderspiel. Drei Tage, ein Baum, viele Geschenke. Vielleicht entschieden sich meine Eltern deshalb, mit uns neben diversen Bayram-Festivitäten und Silvester auch Weihnachten zu feiern. Ohne christlichen Überbau, aber dafür mit allen ebenfalls in Deutschland lebenden Verwandten.

Der Ort für das alljährliche Aufeinandertreffen unserer Familie: die Wohnung meiner Tante. Der Grund: Tante hatte als Einzige so viel Platz in ihrer Wohnung, dass sie die zwanzig Menschen ohne allzu große Probleme bekochen und beherbergen konnte.

Den Weihnachtsbaum brachten wir mit. Aber natürlich schnallten wir keine Nordmanntanne oder Blaufichte auf das Autodach, um sie dann durch die halbe Weltgeschichte zu kutschieren. Weihnachtsbäume waren meinem Vater suspekt. Dazu muss man vielleicht erwähnen, dass ihm viele Dinge hier in Deutschland suspekt waren.

Wandern war zum Beispiel auch so ein Ding. Mein Vater sah keinen wirklichen Sinn darin, sich freiwillig und ohne erkennbaren Mehrwert an die frische Luft zu begeben, um dann von A nach B oder zurück nach A zu laufen und sich zwischendurch halb warmen Thermoskannentee einzuflößen oder mit Graubrotkäsestullen und hart gekochten Eiern vollzustopfen.

Was Weihnachtsbäume anging, war das nicht anders.

»Wofür soll ich von meinem sauer verdienten Geld einen gefällten Baum kaufen und bei der Tante ins Wohnzimmer stellen?«, entgegnete er jedes Jahr erneut auf meine Frage, warum wir denn eigentlich keinen echten Weihnachtsbaum kaufen würden. »Der ist tot – und in ein paar Wochen werden die Nadeln braun und rieseln auf den Teppichboden wie die Schuppen deines Großvaters auf seine schwachen Schultern!«

Diesem Argument hatte ich wenig entgegenzusetzen. Erst recht nicht mehr, als Papa eines Abends nach der Arbeit mit einem riesigen Karton unter dem Arm im Wohnzimmer stand. Er trommelte die ganze Familie zusammen, um das Paket dann vor unser aller Augen mit einem triumphierenden Grinsen zu öffnen. Zum Vorschein kamen jede Menge Tannenzweige, die sich beim genaueren Hinsehen und vor allem Befühlen als erstaunlich unpiksige Einzelteile eines künstlichen Weihnachtsbaums entpuppten.

Mein Vater war unheimlich stolz auf seinen neuesten Flohmarktfund. So wie jedes Mal, wenn er dort wieder irgendein Schnäppchen erstanden hatte. Die Verwunderung über sein eigenes Verhandlungsgeschick und das Gegenrechnen von Startpreis und tatsächlich gezahlter Summe mussten in ihm Glücksgefühle ganz besonderer Art auslösen, und er steigerte sich jedes Mal in einen echten Kaufrausch hinein.

Ich glaube, diese wirklich niedrigen Niedrigpreise erzielte er nicht durch besonderes Verhandlungsgeschick, sondern eher durch mangelnde Sprachkenntnisse. Deutsche haben meistens nicht so große Lust, sich mit Händen und Füßen zu verständigen, also gaben sie lieber auf und nahmen jeden vorgeschlagenen Preis meines Vaters mürrisch an.

Das hatte allerdings auch zur Folge, dass im Grunde unsere gesamte Einrichtung aus Dingen bestand, die Papa auf dem Flohmarkt organisiert hatte. Vom Zeitungsständer über unseren Videorekorder bis zum Toaster. Selbst der Käfig für meinen Hamster kam von dort.

»Warum sollen wir einen neuen Käfig kaufen, Elif? Dein Hamster kackt doch eh sofort rein!«

Und das leuchtete schon irgendwie ein.

Der Kauf des künstlichen Weihnachtsbaums war allerdings Papas Meisterstück. Was ihn anging, schlug er gleich zwei Fliegen mit einer Klappe. Zum einen tat er von da an keiner Tanne mehr unrecht, indem er sie nur scheinbar gutmütig aus ihrem tristen Dasein in einem eingezäunten Verkaufsstand befreite und zu sich nach Hause holte, wo sie dann jämmerlich verdurstete und vertrocknete, ehe sie Anfang Januar im hohen

Bogen an den Straßenrand befördert und schließlich von der Müllabfuhr zu Grabe getragen wurde. Zum anderen war der Baum wiederverwendbar – und zwar auf ewig. Man konnte ihn jedes Jahr auf- und wieder auseinanderbauen. Wie viel Geld man da sparte!

Weil ja ohnehin bei meiner Tante gefeiert wurde, bewahrte sie den Baum für uns auf. Was genau sie damit machte, nachdem wir wieder abgereist waren, entzog sich unserer Kenntnis. Aber jedes Mal, wenn wir den Baum im nächsten Jahr wieder zusammenbauen wollten, fehlte mindestens ein weiterer der ansteckbaren Äste.

Die noch vorhandenen Äste waren dafür zentimeterdick mit Lametta umwickelt – und die Äste, an denen das nicht der Fall war, durften von uns mit neuen Glitzerstreifen geschmückt werden. Wobei es sich eigentlich gar nicht um neues Lametta, sondern einfach nur um Reste von altem handelte. Was die Weihnachtsbaumkugeln anging, sah das ganz ähnlich aus. Keine glich der anderen. Große, kleine, gläserne, kaputte – allesamt über die Jahre von meiner Tante zusammengekauft. Natürlich auf dem Flohmarkt.

Neben uns fanden sich bei meiner Tante auch jede Menge Cousinen und Cousins ein – und zu denen gehörten natürlich auch immer noch diverse Elternteile. Im Grunde trafen sich an Weihnachten alle Familienmitglieder, die irgendwo in Deutschland lebten, bei meiner Tante. Für uns war Weihnachten wie eine riesengroße Geburtstagsfeier – nur ohne dass jemand Geburtstag hatte. Wobei das ja auch nicht so ganz stimmte. Aber davon hatten wir keine Ahnung.

Darüber, warum wir uns eigentlich trafen, wurde, soweit ich mich erinnere, kein einziges Mal gesprochen. Darüber, warum wir einen mit allerlei Glitzerkram behangenen Tannenbaum aus Plastik im Wohnzimmer aufstellten, übrigens auch nicht. Es wurde einfach gemacht, weil jeder drei Tage freihatte.

Einen Ablauf? Gab es nicht – oder zumindest kannte ihn niemand. Wie auch? Unsere Eltern hatten keine deutschen Freunde in ihrem Alter. Und ich unterhielt mich mit meinen Klassenkameraden auch nicht darüber, was genau am 24. Dezember bei ihnen zu Hause ablief, außer Essen und Geschenke. Dementsprechend gab es auch keinen Dresscode. Man kam einfach irgendwann an, die Erwachsenen unterhielten sich, und die Kinder spielten. Es kamen noch mehr Menschen. Dann wurde sich noch mehr unterhalten und noch mehr gespielt.

Und gegessen wurde natürlich auch. Kein mehrgängiges Festtagsmenü, sondern ganz normales türkisches Essen – und zwar Gerichte, die genau wie die Menschen auch immer mehr wurden: Tonnen an Manti, riesige Mengen Lahmacun und kiloweise Börek. Irgendwann hatte meine Tante sogar einen Mini-Dönerspieß aufgetrieben – natürlich vom Flohmarkt.

Einmal kaufte meine Mama mir zuliebe auch ein Set mit weihnachtlichen Förmchen, um mit uns Plätzchen zu backen. Am Ende holten wir völlig verkohlte und deformierte Teigklumpen vom Blech, die trotz ihres braunen bis schwarzen Äußeren im Inneren noch roh waren – und dabei beließen wir es dann auch.

In einem Jahr gab es sogar mal den Versuch meiner Mutter, sich an die kulinarischen Weihnachtsgepflogenheiten deutscher Familien anzupassen. Und das kam so: Während eines Spaziergangs mit meiner Schwester fand ich einen dieser Ballons mit daran befestigter Postkarte. Ich fischte den schlappen Ballon samt Karte aus einem Gebüsch und konnte meinen Augen kaum trauen, als ich das Wort GEWINN las.

Ich dachte natürlich, ich hätte sonst was gewonnen. Ich sah mich schon überglücklich im Besitz einer neuen Barbie inklusive Pferd, Auto und sonstigen Accessoires oder mindestens einer beträchtlichen Summe Geld. Wir eilten so schnell es ging nach Hause und drängten unsere Mutter, bei der abgedruckten Nummer anzurufen, um unseren heiß ersehnten Gewinn einzulösen.

Noch während des Telefonats konnte ich an ihrem Gesichtsausdruck ablesen, dass ich vermutlich doch keine Barbie gewonnen hatte. Zähneknirschend vereinbarte sie einen Termin und legte auf. Ich verstand gar nichts mehr – musste sie einen Termin für die Gewinnabholung vereinbaren? Meine Schwester schaute skeptisch drein, und ich trippelte nervös von einem Fuß auf den anderen.

»Wir haben eine Gans gewonnen«, sagte meine Mutter vollkommen emotionslos.

Ich dachte, ich hör nicht richtig.

»Was?!«, schrie ich.

Hatten wir wirklich eine GANS gewonnen? Ich überlegte schon panisch, ob Gänse Hamster fressen und ob ich mir mein Zimmer jetzt nicht nur mit meiner Schwester und meinem Hamster, sondern auch mit einem gefiederten Freund teilen musste. Auweia, mein Vater erlaubte uns nicht mal einen Hund, wie würde er dann auf eine Gans reagieren?

»Eine Weihnachtsgans!«, wiederholte meine Mutter.

Meiner Schwester und mir ging ein Licht auf. Eine Weihnachtsgans zum Essen! Das kannten wir natürlich aus den ganzen amerikanischen Weihnachtsfilmen, die wir so sehr liebten.

Ich malte mir schon unser filmisches Festessen aus: Schüsseln voller Erbsen und Kartoffelbrei wurden an der langen Tafel herumgereicht, wir trugen alle dicke Strickpullis und tupften uns die vollgestopften Münder mit Stoffservietten ab. Wir hatten zwar weder einen richtigen Esstisch, noch gab es jemals Erbsen oder Kartoffelbrei, geschweige denn Stoffservietten, aber in meiner Vorstellung bescherte uns dieser gewonnene Vogel ein *echtes* Weihnachtsfest.

Eine Woche später klingelte es an der Tür. Ich rannte schnell zur Gegensprechanlage, drückte den Türöffner und rief aufgeregt meine Schwester und Mutter. Zwei Männer schleppten einen riesigen Karton bis ins Wohnzimmer, und ich konnte nicht fassen, wie groß die Gans zu sein schien, aber als sie den unbeschrifteten Karton öffneten, kam keine gefrorene Weihnachtsgans zum Vorschein, sondern ein … Staubsauger?!

Meine Mutter starrte mit weit aufgerissenen Augen abwechselnd zu mir und dem Staubsauger. Meine Schwester brach in schallendes Gelächter aus, und die beiden Männer präsentierten stolz ihr Produkt. Ich sah meine Weihnachtsträume zerplatzen. Der Gewinn der Gans war mit einer Vorführung des neuesten Gerätes einer bekannten deutschen Marke von Haushaltsgeräten verbunden. Dies teilte man uns natürlich nicht vorher am Telefon mit. Dumm waren sie ja nicht, die Hersteller.

Die Staubsaugervertreter standen etwas ungeschickt in unserem viel zu kleinen Wohnzimmer und versuchten, uns die Vorzüge des VT300-Bodenstaubsauger-Basis-Sets näherzubringen.

Während Papa bei der Arbeit war, hörten wir den Männern ganze zwei Stunden dabei zu, wie sie die vollautomatische Was-weiß-ich-was, die hochwertige Verarbeitung und die 3-in-1-Premium-Filtertüten anpriesen.

Anschließend ließen wir uns die Saugkraft des Gerätes natürlich auch noch in der Praxis näherbringen und schauten den beiden dabei zu, wie sie das Ding einmal durch unsere gesamte Wohnung schoben und dabei auch das letzte Körnchen des von mir und meiner Schwester über mehrere Jahre hinweg in die Wohnung geschleppten Spielplatzsandes aus dem Teppich entfernten.

Der Boden war vermutlich noch nie so sauber wie nach dem Besuch der Vertreter. Das Problem war nur: Wir hatten ja schon einen Staubsauger – und zwar vom Flohmarkt, der noch dazu einwandfrei funktionierte. Eine Weihnachtsgans hatten wir hingegen nicht. Und die stand uns, das war meiner Mutter am Telefon ja ausdrücklich versichert worden, nach dem Besuch der Vorwerk-Vertreter schließlich zu.

Also hievten die beiden mittlerweile nicht mehr ganz so freundlichen Männer ihren Vorführstaubsauger wieder zurück in den Firmenwagen und überreichten uns widerwillig die versprochene Gans, die meine Mutter unter größter Anstrengung im Tiefkühlschrank verstaute.

Einige Wochen später bereitete sie das Tier mit nicht weniger Aufwand zu und nahm es mit zu meiner Tante, wo es erst kritisch beäugt, dann links liegen gelassen und schließlich kalt verspeist wurde. Also nix mit langer Tafel und Kartoffelbrei. Geschmeckt hat sie trotzdem. Auch wenn mein Vater sauer eingelegte Peperoni dazu essen musste, weil er den Vogel so trocken fand wie die belegten Brote seines deutschen Schichtleiters.

Abseits von Gesprächen und Essen bestand Weihnachten für uns eigentlich nur aus Fernsehen, Fernsehen und noch mal Fernsehen. Egal, auf welchen Sender man schaltete: Rund um die Uhr liefen die absoluten Klassiker. »Kevin – Allein zu Haus«, »Der Grinch«, »Ghostbusters«, »Zurück in die Zukunft« – Letzterer war zwar kein klassischer Weihnachtsfilm und gut möglich, dass ein paar der Filme auch das Jahr über mal irgendwann im regulären Programm liefen. Aber ich verbinde sie bis heute mit Weihnachten.

Ganz im Gegensatz zu den Liedern, die ich im Kindergarten und der Grundschule singen musste. Die anderen Kinder hatten die Texte von »O du fröhliche!« bis »Alle Jahre wieder« ja vom Säuglingsalter an in die Birne gehämmert bekommen.

Ich hingegen kannte nur »All I Want For Christmas Is You« von Mariah Carey oder »Last Christmas« von Wham! inklusive der klischeeüberladenen Musikvideos auf MTV, von denen ich zwar kein Wort verstand, aber den Zauber der weißen Weihnacht doch ganz gut spürte. Abgesehen davon wurden ab und an in den Zeichentrickserien von Disney mal ein paar Klassiker gesungen, und folglich entwickelte ich eher einen Soft Spot für amerikanische Weihnachtsmusik. Damit konnte ich im Stuhlkreis allerdings eher weniger punkten.

Im Nachhinein frage ich mich manchmal schon, warum ich genau das überhaupt wollte. Ich meine, wir sind Muslime! Warum sollten wir die Geburt von Jesus feiern? Warum sollten wir bei alldem mitmachen? Bei uns wurde eine Woche später dafür Silvester groß gefeiert. Aber während der Jahreswechsel gefühlt nur für uns ein Riesen-Familiending war, war Weihnachten überall. In den Schaufenstern, im Fernsehen, auf den Malblättern, in den Prospekten, in der Schule und was weiß ich sonst noch wo.

Kein Teil davon und ausgeschlossen zu sein, fühlte sich blöd an. Nach Sonderrolle, nach Sich-erklären-Müssen, nach einem Dasein als Außenseiterin. Alles Dinge, mit denen man als Kind eher ungern zu tun hat. Bei uns zu Hause war eh schon so vieles ganz anders als bei meinen vorwiegend deutschen Klassenkamerad:innen, und dann hatten wir nicht mal einen Bezug zu dem meistgehypten Kinderfest. Also taten meine Eltern meiner Schwester und mir den Gefallen und feierten mit uns Weihnachten. Jahr für Jahr aufs Neue.

Und sie taten gut daran. Denn mindestens den gesamten Dezember über gab es kein anderes Thema als Weihnachten. Im Grunde war klar, dass ab Ende November in Kindergarten und Schule über nichts anderes gesprochen wurde. Spätestens der Adventskranz auf dem Pult unserer Klassenlehrerin erinnerte mich mit jeder angezündeten Kerze daran, dass etwas Wichtiges auf uns zukam. Die anderen Kinder hatten jeden Tag neue Facts über ihr anstehendes Fest.

Es ging darum, wessen Papa wo welchen Baum holte. Darum, wer alles zu Besuch kam. Darum, was man auf seinem Wunschzettel notiert hatte oder hoffte zu bekommen. Ständig. Und wenn dann irgendein Schlaumeier damit um die Ecke kam, dass wir Türken ja gar kein Weihnachten feiern würden, konnte ich ihm jedes Mal triumphierend entgegen: Tun wir doch!

Aber wie ich dieses Jahr auf ein Neues feststellen musste: doch nicht ganz so assimiliert, wie ich dachte.

3

Auch wenn meine traditionsbewusstere Verwandtschaft unsere damalige Weihnachtsfeierei als verräterische Assimilierung bezeichnen würde, gibt es allerdings eine auf den ersten Blick nicht so weihnachtliche Eigenart, die weder meine Familie noch ich uns bis heute angeeignet haben: das Schreiben von Listen.

Deutsche lieben Listen. Das ist nicht nur eine Behauptung von mir, sondern eine unumstößliche Tatsache.

Es gibt Listen für alles. Einkaufslisten, Packlisten, Vereinslisten, Landeslisten, Bücherlisten, ich könnte diese Liste beliebig weiterführen. Alles muss aufgeschrieben, eingeteilt, gewichtet, sortiert, abgewogen und geordnet werden. Ein akribischer Vorgang, eine bürokratische Meisterleistung.

Ich wette, es gibt sogar Gesetze zum Thema Listen. Ich würde sogar so weit gehen und behaupten: Hätten meine Eltern diese hohe Kunst der Listenführung übernommen, hätten wir uns viel Zeit und Ärger mit dem Ausländeramt über das Zusammensuchen von Papieren und Unterlagen ersparen können. Schuhkartons voller loser Zettel sind eben nicht so einfach zu durchforsten wie akkurat angelegte Ordner und Aktenlisten.

Ich persönliche hasse Listen, sie überfordern mich. Unorganisiert sein liegt nicht nur in der Familie, sondern auch in unserer Kultur. In der Türkei gibt es eigentlich nur eine wichtige Liste, und das ist die aktuelle Süper-Lig-Tabelle der türkischen Fußballbundesliga. Wir hielten es nicht mal für nötig, uns ein eigenes Wort oder eine Übersetzung auszudenken, wir haben es einfach von den Meistern der Listenführung übernommen: Liste.

Was allerdings Weihnachten mit Listen zu tun hat, war mir bisher unklar. Während ich nur eine Art von Weihnachtsliste kannte, nämlich die Wunschliste an den vermeintlichen Weihnachtsmann oder in einigen Familien an das Christkind, führte Jonas' Mama gleich mehrere davon, die unabdingbar für das Gelingen des Festes erscheinen: unter anderem eine für die unterm Tannenbaum ausgetauschten Geschenke, eine, die ausschließlich dafür gedacht ist, einzutragen, wer wie viel Kilogramm von welchem weihnachtsspezifischen Gebäck mitzubringen bereit ist, und wer sich nicht proaktiv meldet, muss jedoch nicht glauben, dass er davonkommt. Stattdessen wird einem eine Sorte zugeteilt.

Jonas und ich haben mit dem klassischen Spritzgebäck da noch halbwegs Glück gehabt. Auch wenn weder er noch ich jemals vorher eine dafür vorgesehene Tülle in der Hand gehalten haben, quetschen und schmieren wir nach kurzer Zeit doch Teighäufchen aufs Backblech, die man mit viel Fantasie für das halten kann, was sie sein sollen. Und wenn uns doch mal hier und da ein Exemplar missrät, tunken wir es nach dem Backen noch in reichlich geschmolzene Schokolade. Und so schaffen wir an einem verregneten Wochenende Mitte Dezember dann auch die von Jonas' Mama bestellten drei Kilogramm ohne große Probleme. Die dazugehörigen Vorratsdosen hat uns Jonas' Mama schon Wochen vorher per Post zukommen lassen, damit sich das Gebäck auf jeden Fall die noch kommenden vierzehn Tage bis Weihnachten halten wird.

Wenn ich so darüber nachdenke, war es mir immer total fremd, wenn bei Freunden schon lange vor dem eigentlichen Fest Plätzchen gebacken wurden. Immer wenn ich in den Wochen vor Weihnachten zu Besuch war, gab es Vanillekipferl, Kokosmakronen oder eben Spritzgebäck aus riesigen, »lustig« bedruckten Metalldosen. Und zwar in solchen Mengen, dass ich am 24. Dezember keinerlei Kekse mehr sehen konnte. Außerdem fand ich es äußerst fragwürdig, Gästen drei Wochen alte Kekse anzubieten, aber ablehnen war ebenso unhöflich, also blieb mir keine andere Wahl außer: rein damit, kauen, ohne zu atmen, und hoffen, dass meine Magensäure die noch unsichtbaren Schimmelsporen schon erledigen werde.

Abgesehen von den Keksen bekomme ich in den letzten Wochen auch an allen anderen Ecken und Enden die volle Breitseite vorweihnachtlichen Planungswahnsinns der Familie Neubauer zu spüren – und zwar nicht täglich oder stündlich, sondern im Grunde alle paar Minuten. Ich könnte die Gruppe einfach stummschalten, aber irgendetwas in mir LIEBT dieses Kaleidoskop des Spießbürgertums, und ehrlicherweise traue ich mich auch nicht, die Gespräche zu ignorieren, ich will ja schließlich, dass mich die Neubauers mögen, und dementsprechend will ich auch alles über diese Familie wissen. Es hat fast schon etwas Voyeuristisches. Ich bin nicht in diese Welt hineingeboren worden, aber bekomme jetzt die Möglichkeit, einen ungenierten Blick auf sie zu werfen. Eine durchschnittliche deutsche Familie. Herrlich spannend für jemanden wie mich.

Die Unterhaltungen sind so weit weg von meiner Realität, dass es fast schon wehtut, wenn man zu genau darüber nachdenkt. Es ist alles so unbedeutend, und dennoch sind die meisten Gruppenmitglieder leidenschaftlich dabei und unheimlich investiert. Jedes Wort, jede Frage voller Selbstverständlichkeiten, voller Privilegien. Es ist ein bisschen wie ein seichter Feel-Good-Fernsehfilm, nur nicht um 20 Uhr 15 auf Sender XY, sondern direkt in meiner Hand. Faszinierend!

Ständig brummt mein Handy, weil irgendwer wieder irgendeine komplett egale Frage rund um das Weihnachtsfest hat. Denn Jonas' Mutter hat gleich nach Eröffnung der WhatsApp-Gruppe einen Fragenkatalog in die Gruppe geschickt und in weiser Voraussicht auch schon mal sondiert, wem welches Aufgabenfeld zugeteilt werden könnte. Und wenn sie sich nicht in regelmäßigen Abständen erkundigt, wie weit wer mit seinem jeweiligen To-do-Punkt ist, will irgendjemand anderes irgendetwas total Banales wissen.

Kartoffelsalat mit Mayonnaise oder Essig?

Nachtisch mit oder ohne Alkohol?

Welche Brettspiele befinden sich im familiären Bestand, und welche werden eventuell zusätzlich gewünscht, müssen also eventuell noch angeschafft oder, um zwei Fliegen mit einer Klappe zu schlagen, gleich als Geschenk unter den Baum gelegt werden?

Wenn ich darüber nachdenke, was Weihnachten für mich bis dahin bedeutet hat, muss ich unweigerlich mit dem Kopf schütteln. Bei all den Dos, Don'ts, Qs und As, die hier tagtäglich in dieser WhatsApp-Gruppe kursieren und von allen Beteiligten ganz selbstverständlich so hingenommen werden, wundert es mich, dass Jonas' Mama nicht Eventmanagerin geworden ist. Von dem, was diese Frau alles mitdenkt und -plant ist es auch nicht mehr weit bis zu Großveranstaltungen wie Rock am Ring oder der nächsten Fußballweltmeisterschaft.

Natürlich werde auch ich in regelmäßigen Abständen in der Gruppe immer wieder in Beschlag genommen. Die aktuell wichtigste Frage, deren Klärung es bedarf, lautet dabei, ob ich nicht auch etwas für den Heiligen Abend beisteuern könne? Am besten eine, wie Jonas' Mama es nennt, »orientalische Köstlichkeit« – damit es dieses Mal so »richtig multikulti« wird.

»Na, dann können wir ja auch gleich in der Dönerbude feiern!«, haut Jonas' Onkel ungeniert raus, bevor ich überhaupt darüber nachdenken kann, was und ob ich auf diese »orientalische Köstlichkeit«-Frage antworte. Einen onkeligeren Onkel als ihn kann ich mir beim besten Willen nicht vorstellen und leite von seinem nationalfarbenfrohen Profilbild ab, dass er nicht nur Fußballfan, sondern auch oder besser gesagt vor allem Deutschland-Fan ist. Na, das sind ja tolle Aussichten.

Betretenes Schweigen in der WhatsApp-Gruppe – insofern man in einer Gruppenunterhaltung überhaupt von so etwas sprechen kann. Schließlich kann es ja auch einfach sein, dass niemand sein Handy gerade in der Hand hält. Aber viel wahrscheinlicher ist vermutlich dann doch, dass das Schweigen überhaupt nicht so betreten ist und der problematische Kommentar von Jonas' Onkel überhaupt nicht als problematisch eingeordnet wird. Also bin ich am Zug.

»Was schreib ich darauf denn bitte jetzt?!«, will ich etwas hysterisch von Jonas wissen.

Aber bis der sich überhaupt einen Überblick über den aktuellen Kommunikationsstatus gemacht hat, wird sich Onkel Georg dann scheinbar noch bewusst, dass sein vermeintlicher Witz von eben gerade dann vielleicht doch ein bisschen drüber war.

»Aber dann müssen bitte auch alle was davon essen, damit nicht nur ich nach Knofi müffel«, legt er diplomatisch nach und nimmt mir somit die Grundlage für meinen kleinen persönlichen Shitstorm, den ich dabei war, gedanklich vorzubereiten.

Okay.

Durchatmen, Elif, durchatmen!

Ich weiß wirklich nicht, warum Deutsche denken, dass es bei türkeistämmigen Menschen überwiegend Döner gibt und alles nach Knoblauch schmeckt – und ich weiß auch nicht, wo diese selten dämliche Verniedlichungsform »Knofi« für »Knoblauch« eigentlich herkommt. Woher kommt das f bitte?! Aber es ist mir auch egal.

Ich setze gerade an, eine pampige Antwort ins Textfeld zu hämmern, als Jonas' Mutter meine stinkige, aber angebrachte Reaktion verunglimpfen kann.

»Wie wäre es denn mit diesen Blätterteigschnecken? Mit so einer Schafskäsefüllung? Die habe ich auch schon mal gemacht. Schmecken auch richtig lecker, wenn man da noch Schinken mit reinmacht.«

»Börek! Das heißt Börek!«, schreie ich mein Handy so laut an, dass Jonas neben mir zusammenzuckt, »und Schinken ist haram, verdammtnochmal!«

Eine türkische Spezialität mit Schweinefleisch zu füllen, darauf können auch nur Deutsche kommen. Aber nachdem ich mich mal einen Nachmittag lang durch die Top-Rezepte auf der Rezeptplattform chefkoch.de geklickt habe, wundert mich nichts mehr.

Deutsche sind nicht nur skrupellos, sondern pervers, wenn es um das Erfinden neuer Rezepte oder das Kombinieren bereits bestehender Gerichte geht. Das Wort *Fusionsküche* bekommt da noch mal eine ganz neue Bedeutung. Da wäre zum Beispiel Brigittes Teewurstsoße oder die Leberkäsepizza.

»Mach einfach doch Künefe, Schatz«, unterbricht Jonas meine innere Abhandlung kulinarischer Alman-Albträume.

»Für so viele Leute?!«

»Ich kann dir ja helfen!« Jonas denkt kurz nach. »Außerdem nennt man das doch auch Engelshaar, oder nicht? Dann können wir gleich die Brücke zu Weihnachten schlagen, und alle sind glücklich.«

Also gut. Künefe.

Kaum habe ich meinen Rezeptvorschlag in die Gruppe gepostet, hagelt es aus diversen Richtungen Emojilawinen. Sabbernde und grinsende, welche mit Sternen und Herzchen in den Augen. Onkel Georg schickt noch fünfmal die türkische und fünfmal die deutsche Flagge hinterher. Ich glaube, er hat wirklich ein schlechtes Gewissen, und das stimmt mich dann doch friedlich. Wie ich so auf das Chatfenster schaue, wird mir zum ersten Mal bewusst, wie exzessiv Menschen ab fünfzig Emojis benutzen.

Gut, Jonas und ich ballern uns gegenseitig gerne auch mal jede Menge der vor Lachen heulenden Variante hin und her, aber das auch nur so halb cool-ironisch natürlich. Abgesehen davon greifen wir vielleicht noch auf drei oder vier weitere zurück. Die älteren Semester der Familie Neubauer bedienen sich hingegen am kompletten Smiley- und Symbolfundus – und zwar neben der klassischen Kommunikation!

Frei nach dem Motto »Doppelt gemoppelt hält besser« wird jede Nachricht mit dem intensiven Emoji-Einsatz noch mal unterstrichen. Wenn jemand schreibt, dass er etwas lustig findet, wird das noch mal durch ein entsprechendes Emoji ergänzt. Selbes gilt für Bier, Kuchen, Arztbesuche und was weiß ich sonst noch alles.

Onkel Georg ist da schon einen Schritt weiter. Emojis finden sich in seinem Kommunikationsrepertoire eigentlich kaum. Dafür arbeitet er gerne mal mit GIFs, also kurzen Bewegtbildern, die vornehmlich aus Filmen der Achtziger- und Neunzigerjahre stammen, und hat die Lacher damit natürlich auf seiner Seite.

Ich will gerade ein Gespräch mit Jonas über meine Beobachtung beginnen, als dessen Mutter wieder etwas in die Gruppe postet. Es ist ein Foto von ihrem Computerbildschirm, auf dem sie in zwei, ich wiederhole, *zwei* Exceltabellen den Ablauf für den 24. Dezember festgehalten hat. Erst beim reinzoomen eröffnet sich mir das ganze Ausmaß ihrer Planungswut.

Auf der ersten Seite steht:

ABLAUF HA
06:00 Uhr Aufstehen
(Duschen, fertig machen, Töpfe/Bräter aus Keller holen, Rezepte aus Ordner suchen, Gewürze bereitstellen)
07:00 Uhr Rotkohl vorbereiten
08:00 Uhr Klöße vorbereiten
09:00 Uhr Suppe und Nachspeise vorbereiten
09:45 Uhr Umziehen
10:00 Uhr Ankunft Gäste
(Abstellraum freiräumen für Jacken, Harry!)

10:30 Uhr Brunch
(Kühlschrank im Keller frühzeitig anschalten, Harry!)

12:30 Uhr Mittagsruhe
(Wer möchte, kann spazieren gehen!)

FREIE ZEITGESTALTUNG

13:30 Uhr Alle versammeln sich am Klavier und singen fünf Lieder max.
(Liedhefte verteilen/wieder einsammeln! Jonas?)

14:00 Uhr Kaffee und Kuchen
(1x Käsekuchen, 1x Linzer, 1x Marmor, 1x Apfelstreusel)

15:00 Uhr Brettspiele ODER Dias schauen

16:00 Uhr Backofen AN
(180 Grad Ober/Unter)

16:20 Uhr Gans in den Backofen

16:30 Uhr Abfahrt Kirche
(Passat Rücksitz saugen, Harry!)

16:45 Uhr Ankunft Kirche
(Schnell Sitzplätze suchen!)

17:15 Uhr Beginn Gottesdienst
17:50 Uhr Ende Gottesdienst
(Plausch mit den Gemeindemitgliedern 10 Min. max.)

18:00 Uhr Abfahrt nach Hause
18:15 Uhr Ankunft zu Hause
(Jeder macht sich kurz frisch/Toilette – 15 Min. max.)

18:30 Uhr Aperitif (Aperol Spritz?)
(GANZ WICHTIG! GANS AUS DEM OFEN HOLEN!!!)

18:45 Uhr Suppe (Maronen oder Festtags?)
19:15 Uhr Hauptgang (Gans)
19:45 Uhr Nachspeise
20:00 Uhr Verdauungsschnaps und/oder Champagner (Obstler? Williams Christ? Veuve? Moet?)
20:15 Uhr Bescherung
22:30 Uhr Verabschiedung Gäste

22:45 Uhr Aufräumen/Frühstückstisch decken
23:30 Uhr Ende/Nachtruhe

Die zweite Tabelle ist *noch* detaillierter. Eine Spalte für jede Uhrzeit, eine Zeile für jeden Gast und zudem ein ausgeklügeltes System an diversen Farbgebungen, welche die unterschiedlich geartete Dringlichkeit des jeweiligen Tagesablaufpunktes unterstreichen sollen. Diese Frau plant vierundzwanzig Stunden besser durch als ich mein ganzes Leben!

Das letzte Mal habe ich eine derart minutiöse Planung in der Projektwoche in der neunten Klasse gesehen. Gebracht hat die haargenaue Taktung damals nicht viel. Außer, dass mich – wie jetzt in diesem Moment auch – Panik befällt.

»Alles gut, Elif«, sagt Jonas, der grinsend auf sein Smartphone blickt. »Mit deinem Künefe haben wir uns erst mal etwas Zeit gekauft und können den Ball flach halten.«

Gut. Wir halten also erst mal den Ball flach. Und irgendwie hat Jonas ja recht. Mit meinem Künefe haben wir einen echten Joker in der Hinterhand. Es sieht nicht nur schön aus, sondern schmeckt den meisten Leuten ausgesprochen gut, außerdem kennt kaum ein Alman über vierzig Künefe. Und wenn alle Stricke reißen und ich kein Risiko eingehen möchte, dann jubel ich der Familie einfach die Tiefkühlvariante unter. So richtig traditionelle Gerichte bekommen wir Deutschtürkinnen laut meiner Teyze aus der Türkei nämlich eh nicht mehr hin. Typisch Almancı eben.

Almancı ist eine in der Türkei gängige und nicht so nett gemeinte Bezeichnung für in Deutschland lebende Menschen aus der Türkei, die sich nicht nur integriert, sondern assimiliert haben – also für Menschen wie mich, die eben nicht jede türkische Spezialität aus dem Effeff beherrschen. Ins Gesicht sagen würde sie mir das allerdings nicht.

Die Tage bis zum Weihnachtsfest sind ziemlich stressig für mich. Vor allem, weil ich mich im familieninternen WhatsApp-Chat von meiner besten digitalen Seite zeigen und hier und da ein höfliches *»haha«* oder ein unschuldiges Äffchen-Emoji einstreuen muss. Es ist, gelinde gesagt, ein hartes Stück Arbeit. Kulturelles Code-Switching sozusagen.

Wie die meisten türkeistämmigen Personen habe auch ich das Trauma meiner Eltern, von deutschen Mitmenschen ausgeschlossen oder nicht ernst genommen zu werden, vererbt bekommen, und das wirkt sich bis heute auf meine Art, mit ihnen zu kommunizieren, aus. Während Jonas die letzten Wochen damit verbracht hat, alle paar Tage mal in den Chat zu schauen und vereinzelt ein Daumen-hoch-Emoji einzustreuen, kann ich gar nicht anders, als jede neue Nachricht penibel zu prüfen, immer mit der Angst im Nacken, als nicht zugehörig enttarnt zu werden – und das gilt es unter allen Umständen zu vermeiden. Denn ich könnte mir durchaus vorstellen, noch weitere Jahre mit Jonas zu verbringen, und dafür wäre es ja ganz praktisch, wenn ich mich auch mit seiner Familie gut verstehen würde.

Ich wache morgens auf und lese sofort die neuen Nachrichten in der stummgeschalteten Gruppe nach, den Tag über bin ich damit beschäftigt, darüber nachzudenken, wie ich auf einzelne Fragen und Witze antworten könnte, ohne mich unbeliebt zu machen, den Abend verbringe ich damit, die in den letzten Stunden zurechtgelegten Antworten abzuschicken – und am nächsten Morgen geht es wieder von vorne los.

Parallel dazu bereite ich mich insofern auf Weihnachten vor, dass ich mir das Fest und alle damit verbundenen No-Gos en detail vorstelle und die damit einhergehenden Vermeidungsstrategien ausdenke. Das Ganze geht sogar so weit, dass ich potenziell problematische Unterhaltungen mit verschiedenen Familienmitgliedern allen Ernstes gedanklich durchspiele.

Denn wenn es etwas gibt, das einem jeder Mensch aus einer eingewanderten Familie garantieren kann, dann, dass Almans einen immer mit denselben dummen Fragen und schlechten Witzen konfrontieren werden. Entscheidend ist, wie man darauf reagiert. Will man ein »guter« Mensch mit Migrationshintergrund sein, dann lacht man über seine persönliche Empfindlichkeitsgrenze hinaus mit. Bloß nicht anecken oder, noch schlimmer, sein Gegenüber mit seinen problematischen oder sogar borderlinerassistischen Aussagen konfrontieren.

Dass der ganze anstrengende gedankliche Eiertanz nicht spurlos an mir vorübergeht, ist ja klar. Ich bin, sagen wir, nicht unbedingt die beste Version meiner selbst – weder zu mir noch zu Jonas, der mehr als einmal meine schlechte Stimmung auffangen muss. Denn eigentlich will ich nur, dass seine Familie mich akzeptiert. Und zwar so, wie ich nun mal bin. Bedingungslos. Es wäre mir eindeutig lieber, wenn ich dafür nicht so eine angepasste Version von Elif Öztürk spielen müsste. Wobei ich gar nicht so genau weiß, ob ich das muss oder nur meine zu müssen.

Aber Jonas all meine Ängste und Sorgen aufzuzählen ist ein Ding der Unmöglichkeit. Wie soll er etwas verstehen, was er selbst noch nie am eigenen Leib erfahren musste? Wenn ich schon aus diesem ersten Familienbesuch in der nächsten Woche ein derartiges Drama mache, kann ich unsere gemeinsame Zukunft auch gleich an den Nagel hängen.

Doch es hilft alles nichts, das Fest rückt immer näher, meine Nerven liegen blanker als je zuvor, und Onkel Georgs Weihnachts-GIFs werden immer doller.

4

Jonas hat seine Tasche schon gepackt. Drei Tage vor Abfahrt. Typisch Alman halt. Ich hingegen breche schon bei dem Gedanken in schiere Panik aus, die richtigen Outfits zu finden.

Das erste Treffen mit den potenziellen Schwiegereltern, und das noch als Mensch mit einem Background, der nicht deutsch ist. Etwas Stressigeres kann ich mir kaum vorstellen. Nicht mal irgendeine Cousine von Jonas hat eine:n halbeuropäische:n Freund:in. Alle Familienmitglieder und Angehciratete sind quasi irgendeine *shade of blond*.

Ich werde mich also wie bei Jonas' Firmenfeier vor zwei Monaten fühlen und mir als einziger dunkelhaariger Mensch Jasmin-von-Aladdin-Vergleiche von betrunkenen Jan-Philipps anhören müssen. Ich ziehe es kurzzeitig in Erwägung, meine Haare zu blondieren, aber das erscheint mir als lächerlich viel Arbeit für einen einzigen Heiligen Abend.

Wobei ein Treffen mit türkischen Schwiegereltern mindestens, wenn nicht sogar noch stressiger sein muss als mit deutschen. Ein politisches und religiöses Minenfeld, und dann auch noch die ganzen unterschiedlichen Istanbuler Fußballmannschaften! Hier geht es allerdings um mehr als um Fener oder Galata. Leider.

Ich beschließe, mein Go-to-Outfit einzupacken: schwarzer Rollkragenpulli plus Blazer. Als ich dabei bin, den Blazer zu entfusseln, kommt Jonas rein und schaut mir schweigend zu. Ich spüre sofort, dass er was sagen möchte, aber noch überlegt, wie er am besten ansetzen soll. Um ihn zu erlösen, frage ich ihn lieber gleich, was los ist.

»Was ist denn, mein Schatz?«

»Hmhm, willst du das am Samstag anziehen?«

Ich werfe einen kurzen Blick auf den Kleiderbügel und einen etwas längeren auf Jonas.

»Ja, eigentlich ... schon«, sage ich etwas verunsichert.

»Hmhm, also meine Familie macht sich zu Heiligabend traditionell etwas schicker.«

Was soll ich mit so einer Aussage anfangen? Manchmal macht mich die Nicht-Kommunikation meines Freundes fast wahnsinnig.

»Schicker als ... Blazer?!«

»Schicker als Blazer«, antwortet Jonas fast schon beschämt.

Abendgarderobe also – in meiner Vorstellung entwickelt sich dieser Abend zu einer Gala-Veranstaltung voller Champagner und Männern mit Monokeln. Wird sich der vermeintliche Fußballfan Onkel Georg etwa als Snob im Frack entpuppen?

Ich checke betrübt meinen Kontostand auf dem Handy und klicke mich parallel auf dem Laptop durch die Kategorie mit der festlichen Kleidung eines schwedischen Modehauses. Ich scrolle traurig an den bunten Rentierpullis vorbei. Abendkleid also. Halleluja, Expressversand!

Am Tag der Abreise bin ich nicht minder angespannt. Ich musste den ganzen Morgen alle türkischen Supermärkte in meiner Umgebung abklappern, bis ich endlich den richtig echten Dil Peynir gefunden habe. Das ist der Käse, der unter die

Teigfäden vom Künefe kommt. Die meisten weichen auf schnöden Mozzarella aus, aber ich wollte Familie Neubauer natürlich beeindrucken und holte aus genau diesem Grund natürlich auch die teuersten Pistazien, die ich finden konnte.

Peinlich, dieser Geltungsdrang! Aber es soll ja kein Familienmitglied Schlechtes von mir denken. Weil Tante Claudia ja auch den Unterschied schmecken würde, ob die Pistazien vier oder fünf Euro gekostet haben. Als ob.

Den Mock des Arbeiterkindes wird man eben gefühlt nie los, zumindest im eigenen Kopf nicht. Kein Wunder, wenn man in regelmäßigen Abständen zu hören bekommt, wie gut man doch Deutsch spreche. Man wird also immer daran erinnert, in welcher Schublade man sich befindet. Wir durften uns deswegen als Kinder nicht mal Dinge von unseren deutschen Freunden leihen.

»Wie sieht das denn aus?!«, höre ich meine Mutter heute noch sagen.

Man durfte bloß nicht den Eindruck erwecken, in irgendeiner Weise bedürftig zu sein, das sind nämlich nur die »schlechten« Ausländer, wir wollten die guten sein, mit Arbeit, Auto und Geld.

Meine Eltern kratzten lieber ihre letzten Groschen zusammen und kauften uns die Sachen, bevor meine Schwester und ich uns bei unseren Freundinnen irgendetwas liehen. Also gebe ich heute lieber zu viel Geld für Pistazien aus, um auf Nummer sicher zu gehen. Andere kaufen sich dicke Autos fürs Ego, ich kaufe dicke Pistazien für Tante Claudia und Onkel Georg.

Vollbepackt sitzen wir also im ICE Richtung Nordrhein-Westfalen. Jonas kruschtelt neben mir mit seiner Tageszeitung rum, während ich auf mein Handy glotze und die fünfzig(!) neuen Mitteilungen im Weihnachtsgruppenchat studiere.

Ich will schließlich auf alles vorbereitet sein. Ich kenne zwar noch kein einziges Familienmitglied persönlich, das hat sich aufgrund der Entfernung noch nicht ergeben, aber irgendwie durch den Chat der letzten Wochen doch recht gut. Ich weiß genau, wer was lustig finden und wer mir mit den unangenehmen Fragen auflauern wird. Nur Jonas' Schwester ist eine Wildcard. Die hat mit zwei kleinen Kindern Besseres zu tun, als fröhlich mit der halben Familie zu chatten.

Ich bin für alles gerüstet, aber wünsche mir noch etwas mehr Backstory über einige Verwandte.

»Duuu, Canim?«

Jonas schaut mich schmallippig an.

»Ja?«

»Sag mal, wer war noch mal deine Lieblingstante, die früher immer auf euch aufgepasst hat, wenn eure Eltern euch allein gelassen haben?«

Jonas presst ein bisschen zu viel Luft durch die Lippen und macht aus Versehen ein Pups-Geräusch, ich muss lachen und bereue sofort meine passiv-aggressive Fragestellung.

»Claudia! Und, nein, sie haben uns nicht allein gelassen, sie waren halt im Urlaub!«

Vielleicht ist jetzt dann doch nicht der beste Zeitpunkt, mir von meinem Freund abermals erklären zu lassen, wieso deutsche Eltern es lieben, ohne ihre Kinder in den Urlaub zu fliegen.

In der Sekunde fällt mir auf, dass Onkel Georg und ich wohl doch gar nicht so verschieden sind mit unseren Vorurteilen und Klischees. Diese Erkenntnis nimmt mir jegliche Lust, Jonas weitere dumme Fragen zu stellen, und ich klicke lieber schlecht gelaunt auf Instagram rum. Denn bekanntlich hebt fremde Menschen auf Instagram zu bestaunen ja die Laune, 'ne?

Nach einigen gedankenverlorenen Klicks lande ich auf dem Profil von Jonas. Vielleicht finde ich unter seinen Abos ja noch ein paar weitere Neubauers und Weihnachtsgruppenchatmitglieder? Ich drehe mein Display etwas von ihm weg und scanne fachfrauisch seine Liste.

Jackpot! An siebter Stelle entdecke ich das erste Familienmitglied. Meine potenzielle Schwägerin Bianca. Ich erkenne sie sofort, weil ich die chronologisch datierten Fotoalben bestimmt schon zwanzigmal durchgeblättert habe. Damals ahnte ich noch nicht, dass Jonas' Mutter nicht nur in Bezug auf Fotoalben so pedantisch war. Aber darauf kommen wir später noch zu sprechen.

Zurück zu Jonas' Schwester. Sie nennt sich wirklich BiancasBabyBoys, und ihr Feed besteht einzig und allein aus Fotos ihrer beiden Söhne – und zwar in allen erdenklichen Lebenslagen: beim Basteln, beim Spielen, beim Lachen und beim Auf-dem-Töpfchen-Sitzen. Dabei werden die Kids von über dreitausend Leuten verfolgt. Ich glaube, so was nennt man heute Micro-Influencerin. Mein Blick muss Bände sprechen.

»Ist was passiert?«, fragt Jonas prompt.

»Äh, nee, nee!«, antworte ich schnell.

Ich will ihn nicht noch mehr mit meiner negativen Anspannung nerven und lege das Handy lieber zur Seite.

Jeder türkeistämmige Mensch kennt das Klischee der immer neugierigen und nörgelnden Tante. Genau *so* fühle ich mich gerade. Ich denke an meine Teyzes, also Tanten mütterlicherseits, die ich allesamt abgöttisch liebe, die aber allesamt nörgelnde Furien sein können.

Obwohl sie alle Jobs und Kinder haben, verbringen sie den Großteil des Tages mit Klatsch und Tratsch und Nörgeln. Über die Nachbarschaft, über die Verwandtschaft und sogar über fiktive Serienfiguren. Niemand ist vor ihnen sicher.

In Gedanken habe ich ebenfalls schon jedes Familienmitglied von Jonas in irgendeine Schublade gesteckt und mindestens eine schlechte Eigenschaft angedichtet, ohne auch nur eine Person persönlich getroffen zu haben. Ich bin die schlimmste Version einer nörgelnden Teyze! Mein armer, naiver Freund sitzt ahnungslos neben mir und blättert in seiner Zeitung. Seine Familie kann gar nicht so schlimm sein, wenn sie so jemanden wie ihn großgezogen hat. Eigentlich müsste ich froh sein, dass ich überhaupt mitfeiern *darf*.

Als ich mit meinem ersten deutschen Freund zusammenkam, hatte Weihnachten einen negativen Beigeschmack, ich war nämlich nicht eingeladen. Ich habe versucht, mich reinzuwieseln, aber ich durfte an Heiligabend nicht dabei sein.

Es gibt immer ein Familienmitglied, das aus Prinzip nur mit der Kernfamilie feiern möchte. Die Eintrittskarte war ein Ehering, vorher ging gar nix. Also bekam ich nur die Vor- und Nachbereitung des Heiligabends mit. Da für mich aber nur Heiligabend als richtiges Weihnachtsfest zählte, fühlte ich mich jedes Jahr ausgeschlossen.

Meine Familie feierte Weihnachten nämlich nur so lange, bis das jüngste Kind der Familie, also ich, ihrer Meinung nach kein Kind mehr war, das war mit meinem sechzehnten Geburtstag so weit. Meine Eltern hielten Weihnachten für ein Kinderfest, was irgendwie herzig von ihnen war.

Somit bestand Weihnachten für mich jahrelang nur aus Warten. Warten auf Anrufe oder SMS von Freund:innen, dass sie fertig sind mit ihrer Feierei. Und aus linearem Fernsehen.

Jeder Blockbuster aus den Achtzigern und Neunzigern wurde zum hundertsten Mal durchgenudelt, und ich liebte es. Bis heute bekomme ich wohlig warme Gefühle, wenn ich »Kevin – Allein zu Haus« sehe. Diese goldene, rot-grüne Weihnachtswelt, so stellte ich mir die Verbildlichung des Wortes BESINNLICH vor. Davon war meine Realität weit entfernt.

Nach den erlösenden Anrufen und SMS ging es in die Kneipen unserer Heimatstadt. Alte Freund:innen kamen aus anderen Städten wieder in die Heimat, alten Klassenkamerad:innen begegnete man ausnahmsweise sogar gerne. Das war wie ein Volksfest. Weihnachten? Kein Thema mehr. Bis auf die Anzüge und Kleider. Alle waren gut drauf, die Gesichter waren vom Alkohol und der kalten Luft gerötet, die Stimmung ausgelassen.

Weihnachten MUSS also ganz toll sein für Erwachsene, die das Fest ganz traditionell mit der Familie zelebrieren. Dachte ich zumindest immer, aber bisher merke ich davon, gelinde gesagt, noch gar nichts. Ich bin noch angespannter als die letzten Wochen.

Die Vorbereitungen auf das Fest selbst mögen vielleicht von Jonas' Familie übernommen werden, aber auch ich muss mich mental vorbereiten. Vorfreude sieht anders aus. Stattdessen gleicht das Ganze vielmehr einer langen nervenaufreibenden Achterbahnfahrt, an deren Ende das Weihnachtsfest auf mich wartet.

Selbst die Zugfahrt, die ich eigentlich als Ruhe vor dem Sturm verstehen könnte, kann ich gerade überhaupt nicht genießen. Dabei habe ich mir fest vorgenommen, mir die Laune von nichts und niemandem versauen zu lassen und ein unvergessliches erstes Weihnachtsfest mit Jonas zu verbringen.

5

Als wir aus der Bahnhofshalle treten, steht Jonas' Vater bereits grinsend und kopfschüttelnd neben dem Auto. Er trägt Winterstiefel, eine Schneehose und außerdem eine Daunenjacke sowie eine dicke Mütze. Alles teure Markenprodukte, die gemeinsam einen Look ergeben, den nur reiche Deutsche mittleren Alters tragen können. Es ist schwer zu beschreiben, aber jedes Arbeiterkind ausländischer Eltern weiß sofort, was ich meine.

Der finanzielle Status von Jonas' Vater macht sich auch dadurch bemerkbar, dass er neben einem Auto wartet, dessen Motor die ganze Zeit läuft.

»Ich weiß schon, warum ich mich lieber auf den hier verlasse«, sagt er und klopft liebevoll auf das Dach seines Diesels.

Auch wenn ich hinter Jonas gehe, kann ich hören, wie er mit den Augen rollt. Dann fällt er seinem Vater in die Arme, und die beiden klopfen sich erst mal gegenseitig gründlich den Rücken ab.

Warum müssen Männer das eigentlich immer machen?

Versichert man sich dadurch, dass der andere keinen Dolch unter der Jacke trägt, mit dem er einen gleich böswillig ermordet? Oder können Männer ihre Liebe zueinander einfach nicht durch eine ganz normale liebevolle und ein bisschen kuschelige Umarmung ausdrücken, sondern müssen dabei immer so einen leicht aggressiven Vibe haben? Gewalt, zumindest im Ansatz, statt Gefühlen? Türkische Väter sind zwar auch nicht unbedingt für ihre gefühlvollen Begrüßungsrituale bekannt, aber da werden immerhin ein paar Wangen- oder Handküsse ausgetauscht.

Während ich noch damit beschäftigt bin, eine Antwort auf meine kulturanthropologische Beobachtung über das Begrüßungsverhalten zwischen deutschen Vätern und Söhnen zu finden, wird mir bewusst, dass ich mir vielleicht über eine ganz andere Sache Gedanken hätte machen müssen. Nämlich, wie die Begrüßung zwischen mir und Jonas' Vater ablaufen wird.

Aber noch bevor ich darauf eine hilfreiche Antwort habe, streckt mir Jonas' Vater bereits die Hand hin. Ich bin aber gedanklich noch oder schon wieder bei der Begrüßung der beiden von eben und öffne wie aus Reflex meine Arme. Vielleicht will ich ihm unterbewusst damit auch demonstrieren, wie so was eigentlich richtig geht.

Schlagartig wird mir aber klar, dass man einen derart herzlichen Annäherungsversuch unter Deutschen vielleicht erst ab dem fünften oder vermutlich eher sechsten oder sogar siebten Treffen anvisieren sollte, also halte ich Herrn Neubauer wiederum die Hand hin, während es jetzt er ist, der peinlich berührt zu einer einarmigen Umarmung ansetzt. Wir stolpern mit rudernden Armen aufeinander zu, verkannten und verhaken uns ineinander und drücken einander kurz unbeholfen, während wir beide vor Scham im Boden versinken. Ich spüre, wie sich die Röte in meinem Gesicht ausbreitet, und glotze ausweichend auf den Boden.

»Na, das üben wir noch mal!«, sagt Jonas' Vater lachend, wirkt dabei aber eher, als würde er es mir am liebsten gleichtun.

Mir wird ganz heiß, und ich hab Angst, durch meine dicke Daunenjacke zu dampfen.

Um der Situation zu entfliehen, gehe ich um das Auto herum zu Jonas, der gerade dabei ist, die Kofferraumklappe zu öffnen, um unser Gepäck zu verladen. Aber so richtig viel Platz ist da für unsere Koffer nicht übrig. Wir blicken auf jede Menge Utensilien, die sich bestens dazu eignen dürften, jemanden zu kidnappen und wenig später dann vielleicht sogar auch komplett verschwinden zu lassen. Jetzt gerade hätte ich nichts dagegen, im Wald verscharrt zu werden, nur um die letzten sechzig Sekunden zu vergessen.

Irritiert sehe ich Jonas an, der den Blick sogleich an seinen Vater weitergibt.

»Na, was denn?«, antwortet der nicht weniger irritiert. »Um Weihnachten zu feiern, brauchen wir doch einen Baum, oder nicht? Und damit Elif gleich mal weiß, was einen richtigen Christbaum eigentlich ausmacht, holen wir den jetzt einfach zusammen. Euer Gepäck nehmt ihr am besten auf den Schoß!«

Die Fahrt verbringe ich zum einen damit, es mir unter dem Gewicht meines Koffers halbwegs gemütlich zu machen. Zum anderen denke ich darüber nach, wie gleich neben uns dreien und zwei Koffern voller Festtagskleidung und diversen Geschenktüten auch noch ein Weihnachtsbaum in diesem Auto seinen Platz finden soll.

Draußen vor dem Fenster dünnt die Stadt langsam aus. Jonas' Eltern wohnen nicht auf dem Land, und bisher bin ich davon ausgegangen, dass man Weihnachtsbäume einfach an den dafür vorgesehenen Ständen auf irgendwelchen Bau- oder Supermarktparkplätzen kauft.

Ich werde eines Besseren belehrt, als Jonas' Vater mit einer ruckartigen Lenkbewegung von der Landstraße abbiegt und stattdessen auf einen Feldweg fährt. Wir werden so sehr durchgeschüttelt, dass ich nicht mal dazu in der Lage bin, mich zu erkundigen, was hier eigentlich genau vor sich geht. Aber als wir nach guten fünf Minuten Ruckelei vor einem Nadelwald zum Stehen kommen, schwant mir langsam, was hier passiert und was die Kidnapper-Utensilien aus dem Kofferraum damit zu tun haben könnten.

»Schon mal einen Baum gefällt, Elif?«, fragt Jonas' Vater selbstgefällig und drückt mir viel zu große Handschuhe und eine noch viel größere Säge in die Hand.

»Ich hab in der Türkei schon mal ein Huhn geköpft, ist das vergleichbar?«, antworte ich trocken.

Jonas' Vater schaut mich ungläubig an und drückt sich einen gezwungenen Höflichkeits-Lacher aus dem Hals. Sein Sohn schiebt mich kichernd Richtung Bäume. Dann stapfen wir alle gemeinsam los.

Der Weg ist vom vielen Regen und wieder geschmolzenem Schnee in den letzten Wochen komplett aufgeweicht, und ich habe Mühe, das Gleichgewicht zu halten. Jonas' Vater übrigens auch. Manchmal kommt er ins Schlittern und versucht, sich mit einem Seil in seiner linken und einer Axt in seiner rechten Hand wieder in die Ausgangsposition zu balancieren.

»Weißt du, Elif, unseren Baum holen wir im Grunde schon immer hier in diesem Wald. Das hat angefangen, als Jonas noch ganz klein war. So klein wie …«

Er blickt sich um und zeigt dann auf einen abgesägten Baumstamm mit einem guten halben Meter Höhe.

»… so klein wie der Knutz da. Viel hat sich seitdem ja nicht mehr getan, nech?«

Ich drehe mich zu Jonas um, der genervt mit den Augen rollt.

»Ah, hehe«, sage ich konzentriert und stelle dann doch die Frage, die mir auf der Zunge brennt.

»Äh, warum kauft ihr euren Baum eigentlich nicht, so ganz normal, fertig gefällt und so?«

Jonas' Vater bricht in schallendes Gelächter aus.

»Haha, Elif! Wir sind doch nicht *so* eine Familie!«

Ich weiß wirklich nicht, was er damit meint, aber ich glaube, es ist auch besser für die kommenden Tage, dass ich nicht weiß, was *so* eine Familie bedeutet.

»Quizfrage: Was sagt ein Ostdeutscher in England, wenn er einen Weihnachtsbaum haben möchte?«

Jonas' Vater guckt uns erwartungsvoll an.

»A Tännschen please!«

Irgendwo ruft ein Uhu, und ein Baum knarzt. Fehlt nur noch, dass wie in diesen Western-Filmen ein Heuballen durchs Bild rollt.

»Papa, das ist ein richtig heftiger Dad-Joke«, sagt Jonas und guckt mich entschuldigend an.

»Na, ein paar Jahre habe ich doch wohl noch!«

»Nicht ›dead‹«, sagt Jonas genervt. »›Dad‹, wie Papa auf Englisch!«

»Aber es geht doch um Ostdeutschland und nicht um Väter?«

»Nein, schon klar. Aber das ist so ein Nicht-Witz. Über den lachen deine Kumpels vielleicht. Aber junge Leute nicht!«

»Ihr immer mit eurem Neudeutsch«, murmelt Jonas' Papa, während er an ein paar Tannen vorbeischlendert, die ihm ungefähr bis zur Brust reichen.

»Lass uns doch einen von denen nehmen«, sagt Jonas und blickt skeptisch in Richtung Himmel, wo es nicht nur ob der vorangeschrittenen Uhrzeit dunkel wird, sondern auch, weil sich ein paar Wolken mit einem Inhalt zwischen Schnee und Regen ins Bild schieben.

»Wenn wir so einen hier mit nach Hause bringen, dann ist Mama wieder enttäuscht und schmollt tagelang. Da muss schon was Größeres her.«

Entschlossen stapft Jonas' Vater zu einer Ansammlung von Tannen, die ich im Hinblick ihrer Höhe eher in der Eingangshalle einer prunkvollen Luxusvilla in Calabasas vermuten würde. Aber die anwesenden Mitglieder der Familie Neubauer sind da anderer Meinung. Der größte und buschigste Baum wird ausgesucht, und ich Blicke durch den Niesel-Schneeregen Richtung Baumspitze, wenn ich mich nicht täusche, sprechen wir hier von drei oder vier Metern Baum.

»Ist der nicht etwas … groß?«, frage ich vorsichtig.

»Was nicht passt, wird passend gemacht, 'ne?«, murmelt Herr Neubauer in seinen Schnurrbart, während er ein Seil um den Stamm bindet.

Jonas streicht mir lachend übers Gesicht, und ich beschließe, ab sofort einfach nur zu machen, was man mir sagt, und keine Gegenfragen zu stellen. Man muss ja nicht gleich beim ersten Zusammentreffen auf Klugscheißerin machen, das kann ich auch noch nächstes Weihnachten oder Ostern, inshallah.

Das Haus der Neubauers ist von oben bis unten und von links nach rechts mit Girlanden und Lichterketten eingeschnürt und erwartungsgemäß kleiner als gedacht. Versteht mich nicht falsch, es ist ein sehr großes Einfamilienhaus, aber wo die Vier-Meter-Tanne hinsoll, das weiß ich nicht so genau.

Ich frage mich, wo der Stromgenerator untergebracht ist, der die fünfzigtausend Watt erzeugt – oder ob Jonas' Eltern da einen Deal mit dem örtlichen Atomkraftwerk geschlossen haben. Weihnachtskekse gegen Kilowatt quasi. Es ist auf jeden Fall einen Tick zu beleuchtet, und man muss aufpassen, nicht direkt in die gleißenden Lichterketten zu schauen. Ich bin gerade damit beschäftigt, offiziell überfordert zu sein, da tritt schon eine hochgewachsene Frau an meine Seite.

»Du bist dann wohl die Eliiiief?«, sagt die Frau und streckt mir herzlich lächelnd die Hand entgegen.

Ich schaue einen Moment zu lange auf ihre gepflegt manikürte Hand und beschließe anzugreifen.

»EliFFF, halloooo!«, sage ich und umarme die überraschte Frau irgendwie halb zu fest und halb zu lasch gleichzeitig und küsse dabei hektisch die Luft neben ihren Ohren.

»Bei *uns* begrüßen wir uns so, haha!«, sage ich laut.

Mein Gott, jetzt geht das schon los, und ich verfalle komplett idiotisch in überkompensierendes Gelaber. Der Satz hätte auch original von Onkel Georg in der WhatsApp-Gruppe kommen können. Mein linkes Auge beginnt zu zucken, und mir wird ganz heiß.

»Schön, dass ihr endlich da seid! Kommt rein, kommt rein!«, sagt Jonas' Mama und schlängelt sich aus meiner Umarmung.

Während ich versuche, mich möglichst elegant aus meiner Jacke zu schälen, tragen Jonas und sein Vater den Baum ins Wohnzimmer und versuchen, ihn in den schon bereitstehenden Baumständer zu manövrieren. Jonas' Mama läuft wie ein Hütehund um die schnaufenden Männer herum und stellt sich schützend vor ihre wahrlich beeindruckende Dekolandschaft.

Das Haus der Neubauers ist geschmückt wie in einem amerikanischen Film. Der Baum endet exakt unter der hohen Decke. Bilderbuchbaum, Bilderbuchhaus, Bilderbuchfamilie. Es fehlt nur noch der Golden Retriever, aber wenigstens gibt es hier nur den zahnlosen Kater Gustav, der unbeeindruckt auf dem Sofa liegt. Ich fühle mich dem Kater näher als diesem Bild der perfekten Familie, obwohl ich noch all meine Zähne besitze.

Egal, durchatmen, jetzt komm ich hier nicht so schnell weg. Mich überkommt die Lust auf eine Stress-Zigarette, aber da selbst Jonas mit fast dreißig immer noch heimlich und nicht vor seinen Eltern raucht, brauch ich jetzt nicht damit anzufangen. Also Augen zu und Vorzeige-Elif-Modus an.

»Komm, komm, Elif, setz dich!«, reißt mich Jonas' Mama aus meinen Gedanken und deutet auf das große Ledersofa von Rolf Benz.

Der einzige Grund, wieso ich den Hersteller überhaupt benennen kann, ist der, dass alle wohlhabenden Almans genau dieses Sofa besitzen. Vielleicht sehen sich teure Sofas aber auch nur sehr, sehr ähnlich – so, wie alle blonden Menschen sich irgendwie ähneln.

»Wiiie war denn die Fahrt, hm?«, schiebt sie hinterher.

»Gut, gut!«, sage ich lächelnd.

Stimmt natürlich nicht. Die Fahrt war in Wirklichkeit völlig nervenaufreibend für mich. Die Anspannung ließ ich nicht nur an mir selbst, sondern auch am armen Jonas aus, der mit seinem Vater noch vor dem Baum steht. Beide beäugen hoch konzentriert die Tanne. Oder ist es eine Fichte? Ich weiß es schon gar nicht mehr. Den Weihnachtsbaum eben.

Jonas' Mama bemerkt meinen Blick und beugt sich in meine Richtung.

»Da haben die Männer aber einen tollen Baum erstanden, was?«, sagt sie zu mir.

»Jaahaa, sehr schön!«, antworte ich.

Meine Fresse, was für eine Übertreibung. Es ist in meinen Augen einfach nur eine Tanne. So wie sie in jedem Gartencenter zu kaufen gibt. Aber was soll ich denn auf diese Frage auch anders antworten? »Nein, Frau Neubauer, da muss ich Ihnen jetzt aber entschieden widersprechen! Der Baum, den wir – also im übrigen auch ICH – da eben unter Anstrengung all unserer Kräfte aus dem hinterletzten Waldstück getragen haben, sieht richtig scheiße aus! Finden Sie nicht auch?«

Baum-Small-Talk ist ein schwierigeres Unterfangen, als ich dachte. Aber wer kann denn auch riechen, dass das so ein Politikum darstellen könnte? Auch, wenn ich ihn in diesem Moment schmerzlich vermisse, sollte ich mich hüten und an dieser Stelle wohl besser nicht unseren geliebten Secondhandflohmarktbaum erwähnen. Wenn Baumarktbäume schon so ein Unding sind, möchte ich gar nicht wissen, welche Fettnäpfchen sich mir in den nächsten Stunden und Tagen noch bieten werden.

»Komm, Elif, wir machen mal den Kaffee, solange die Männer den Baumschmuck aus dem Keller holen, ja?«, rettet mich Jonas' Mama aus meiner Ratlosigkeit und schiebt mich Richtung Küche.

Na, wenigstens das ist sowohl bei türkischen als auch bei deutschen Familien identisch: Frauen gehören immer noch in die Küche …

6

Wir betreten die weitläufige Küche, und ich versuche, nicht ganz so neugierig durch die Gegend zu glotzen. Alles ist blitzeblank geputzt, und es riecht kein bisschen nach Essen. Jonas' Mama befüllt den Wasserkocher und deutet auf einen Hochschrank.

»Da oben sind Tassen.«

Ich öffne den Schrank, in dem säuberlich aufgereiht das Geschirr steht, und hole drei identische Kaffeetassen raus – wobei Tassen nicht ganz stimmt, es sind diese kleinen Oma-Tässchen, in die gerade so zwei Schlucke Kaffee und ein Schuss Hafermilch passen. Als Kinder spielten meine Schwester und ich mit solchen Tassen immer Prinzessin, wir spreizten unseren kleinen Finger und kamen uns wie piekfeine Erwachsene dabei vor. Aber ich kam auch Jahre später nicht auf die Idee, aus ihnen ernsthaft Kaffee zu trinken.

»Die Untertassen nicht vergessen«, trällert es von der gegenüberliegenden Küchenzeile.

Klar, ich Trottel. Bis jetzt komm ich noch nicht so gut weg, sag ich mal. Vielleicht sollte ich endlich aufhören, mich die ganze Zeit in Gedanken zu verlieren und diese Familie wie eine fremde Spezies im Zoo zu beäugen, und mich lieber auf das Hier und Jetzt konzentrieren. Sonst kommt am Ende sogar noch Jonas auf die Idee, dass mit mir irgendetwas nicht stimmen könnte. Er kennt mich nur als fähige und kompetente Partnerin und wundert sich bestimmt auch schon über mein zerstreutes Verhalten.

»Reiß dich zusammen, Elif«, raune ich mir selbst zu und atme tief ein.

Gerade als ich das Kaffeeservice ins Wohnzimmer tragen möchte, hält mich Frau Neubauer auf.

»Ins Esszimmer, Liebes! Im Wohnzimmer wird nicht gegessen oder getrunken, zumindest nichts, was Flecken verursachen könnte«, sagt sie, als wäre es das Normalste der Welt.

Das Neubauer'sche Wohnzimmer ist eher ein Sitzzimmer. Keine Getränke, keine Snacks, kein Fernseher. Ich bin mir zu hundert Prozent sicher, dass es irgendwo in dem Haus noch ein Fernsehzimmer gibt, das Herr Neubauer bestimmt mit einem ollen Beamer ausgestattet hat. Boomer lieben Beamer. Jonas und ich hingegen leben im Grunde genommen im Wohnzimmer, wir essen, trinken, kleckern und wohnen auf der Couch. Wenn seine Eltern das wüssten, würden sie Jonas ziemlich sicher enterben oder zumindest ein ernstes Wörtchen mit ihm reden.

Jonas und sein Vater tragen beide jeweils eine kleine Kiste ins Wohnzimmer. Die beiden Kartons sind gerade mal so groß, dass sich in ihnen auch einfach schnöde Halbstiefel befinden könnten. Frau Neubauer bemerkt zugleich meinen skeptischen Blick.

»Na, Elif, hast du schon mal einen Christbaum geschmückt?«, fragt sie mich lächelnd.

»Ja, klar! Wir hatten in meiner Kindheit jedes Jahr einen Baum.«

Endlich ein Thema, bei dem ich konkret mitreden kann! Das Material und die Herkunft meines Kindheits-Baumes wird glücklicherweise nicht hinterfragt, also könnte das doch noch ein entspanntes Schmück-Erlebnis werden.

Jonas reicht mir den kleinen Karton, er fühlt sich für seine Größe erstaunlich schwer an. Im Augenwinkel kann ich erahnen, wie mich Herr und Frau Neubauer erwartungsvoll anstarren, das macht mich ganz nervös, weil ich anscheinend irgendwie besonders auf den Inhalt dieses Kartons reagieren *muss.*

Etwas ungeschickt versuche ich, eine der beiden Laschen aufzufriemeln, das gelingt mir nur bedingt. Im Vorbereitungswahnsinn hab ich mir nämlich meine mühselig lang gezüchteten Fingernägel viel zu kurz geschnitten, weil ich der Meinung war, Jonas hätte die Art von Eltern, die lange Nägel unseriös finden könnten (und ich hatte auch recht mit meiner Einschätzung, aber das konnte ich zum Zeitpunkt der Radikal-Maniküre noch nicht wissen).

Endlich lässt sich der kleine Deckel des Kartons öffnen, und es kommen, zu meiner Verwunderung, schmale, weiße Kerzen zum Vorschein. Die Erwartungshaltung meiner Schwiegereltern in spe und der Boxinhalt stehen in keiner Korrelation zueinander. Jonas' Mama klatscht freudig in die Hände.

»Ist das nicht schön! Unsere Kerzen!«

Jetzt hätte ich wirklich gerne meine Nägel zurück, um mich verlegen am Kopf kratzen zu können – wieso sind diese Menschen so aufgeregt wegen Kerzen? Die besagten Kerzen in unserem Fall hier sind noch nicht mal bunt oder sonst was. Almans freuen sich nicht nur über fades Essen, sondern auch über fade Deko.

»Ja, wirklich schöne Kerzen!«, übergehe ich meine Verwunderung galant. »Zündet ihr die auch an?« Die Neubauers brechen in schallendes Gelächter aus, aber eine Antwort auf meine Frage bekomme ich nicht.

Jonas' Vater öffnet den zweiten Schuhkarton und holt mit spitzen Fingern eine Kugel raus und hält sie uns triumphierend hin. Eine schnöde, weiße Kugel. Ich beuge mich nach vorne und versuche, in den Karton zu linsen, um mich zu vergewissern, dass das nicht alles sein kann, was Jonas' Mama als Aufforderung versteht und aufspringt. »Ach, Mensch, ihr habt das Krippenspiel vergessen! Komm mal, Elif, bis die Männer das finden …!«, wedelt sie in meine Richtung.

Ich folge ihr bis in den Keller, der locker noch mal so groß ist wie das Erdgeschoss und quasi eine ganz eigene Wohnung sein könnte. Jonas' Mutter öffnet eine der vier Türen, und wir betreten einen circa dreißig Quadratmeter großen Raum, der mit deckenhohen Regalen bestückt ist. Die Regale sind voller Vorräte, Nudelpackungen, Dosenmais, Mehl – ein Mini-Supermarkt sozusagen. Am Ende des Zimmers stapeln sich ein paar Kartons.

»Wir suchen eine Kiste mit der Aufschrift *Krippe*, schau du hier, ich geh nebenan suchen«, sagt Jonas' Mama und verschwindet im nächsten Raum.

Bärchen, Rote Kugeln, Großmama Ilse Schmuck, Herbstdeko, Dias 1982–90 … Ich frage mich, ob wohl alle deutschen Familien so akkurat organisiert sind wie die Neubauers, aber bevor ich diesen Gedanken zu Ende denken kann, ruft es schon von nebenan.

»Elif, ich hab ihn!«

Zurück im Erdgeschoss, öffnet Jonas' Mama den Karton. Zum Vorschein kommen jede Menge handgroße Figuren aus Holz. Mit viel Fantasie kann man Tiere und Menschen erkennen. Außerdem ein paar Gebäude und auch eine Heuraufe.

Die Figuren sehen aus, als hätten sie ihre besten Jahre bereits lange hinter sich.

»Das ist das Krippenspiel«, erklärt Jonas.

»Zum Spielen für die Kids?«, frage ich.

»Nein, nur zum Anschauen.«

»Warum heißt es dann Krippen*spiel*?«

»Weil es halt so heißt«, zuckt Jonas mit den Schultern. Gedanklich mache ich mir eine Notiz, das später zu googeln, und erspare Jonas meine weiteren Fragen.

Herr Neubauer stellt die einzelnen Figuren in einer bestimmten Reihenfolge unter den Baum, und erst bei der Babyfigur in der Wiege klickt es in meinem Kopf.

»Ach so, das ist Baby Jesus!«, rufe ich, wobei ich *Baby Jesus,* warum auch immer, Englisch ausspreche. Frau Neubauer und Jonas schauen mich verdattert an, und bevor mein Herz-Kreislauf-System es schafft, mir die Schamesröte ins Gesicht zu pumpen, antwortet Herr Neubauer ganz trocken und vollkommen ernst:

»Also bei uns heißt er einfach nur Jesus.«

Bevor ich überhaupt etwas erwidern kann, erzählt Herr Neubauer einfach weiter. »Und jetzt«, sagt er geheimnisvoll, »kommt die Krönung.«

Er dreht sich um und holt aus dem Krippen-Karton eine längliche Schatulle heraus und zaubert einen Gegenstand hervor, den man nach der Form zu urteilen auch leicht in der schmuddeligeren Ecke des Internets finden könnte. Dabei schaut er stolz wie ein Teleshopping-Moderator in die Runde und präsentiert uns feierlich: »Die Christbaumspitze!«

Endlich ein Anflug von Kitsch, das längliche Gebilde ist von einem Hauch Glitzer umgeben. Reflexartig fange ich an zu klatschen, und Jonas schaut mich entgeistert an, bevor er spontan mitklatscht, um mich aus der peinlichen Situation zu retten.

»Yeah, Papa, toll!« – Herr und Frau Neubauer hingegen sind sichtlich begeistert von meiner Euphorie und kommen aus dem Lächeln und Nicken gar nicht mehr raus. So schmücken wir also *gemeinsam* den Baum. Wobei *gemeinsam* in unserem Fall heißt: Herr Neubauer steht vor dem Baum und fragt bei jeder Kugel »Hier?«, und Frau Neubauer antwortet mit »Ja« oder »Nein«. Die ganze Prozedur dauert ungefähr neunzig Minuten, für das bisschen Schmuck an dem viel zu großen Baum also eindeutig zu lang.

»Und?«, fragt Jonas' Mutter, als das Kunstwerk vollbracht ist.

»Wie, und?«, fragt Jonas zurück.

»Na ja, steht der Baum gut?«

»Also ich kann ihn sehen. Du auch, Elif, oder?«

»Darum geht's doch nicht!«

»Äh, sondern?«

»Ach, Jonas, manchmal könnte man glauben, du seist mit deinem Vater verwandt.« Jonas' Mutter ist sichtlich genervt. »Es geht darum, ob die Nachbarn ihn auch gut durch die Terrassentür sehen können!«

Jonas' Mutter ist schon im Begriff, ihre Jacke überzuwerfen, um sich von draußen einen Eindruck zu verschaffen, als Herr Neubauer einschreitet. »Jetzt noch nicht, Evelyn!« Er schüttelt mit dem Kopf. »Bei den Helwigs brennt Licht im Wohnzimmer.«

Frau Neubauer setzt sich wieder hin.

So langsam wird mir auch klar, warum das Haus der Neubauers von oben bis unten und links nach rechts mit Girlanden eingeschnürt ist.

Was hier stattfindet, ist ein Wettkampf, ein nachbarschaftliches Wettrüsten mit Weihnachtsdeko. Die Herausforderung besteht darin, möglichst viele Lichterketten und Kränze mit dem geringsten Kitschfaktor geschmackvoll zu verteilen. Wer zu farbenfroh oder glitzernd schmückt, verliert. Was genau verloren wird, weiß ich nicht, ich denke, es geht, wie so oft, um Ehre.

»Gefällt er wenigstens dir, Elif?«, richtet sich Jonas' Mama an mich und wirft ihrem Sohn einen beleidigten Blick zu.

»Ja! Der Baum ist schon schön! Ein bisschen Lametta würde aber auch gut passen«, schlage ich vollkommen naiv vor.

»Lametta?! Also so was ist ja mal ganz schlecht für die Umwelt!«, sagt Frau Neubauer, zieht die Augenbrauen hoch und schaut mich ungläubig an.

»Lametta gibt es nur bei Ostdeutschen!«, schiebt Herr Neubauer hinterher.

Das Thema ist mir eindeutig zu heikel, also lächle ich als Antwort einfach nur beide freundlich an und wende mich Jonas zu.

»Jonas, wollen wir mal unsere Sachen auspacken?«

»Gute Idee! Wir gehen dann mal hoch«, antwortet Jonas und dreht sich in Richtung seiner Mutter.

»Mama, welches Zimmer hast du denn für uns fertig gemacht?«

Als hätte sie nur auf ihr Stichwort gewartet, springt Frau Neubauer wie von der Tarantel gestochen auf.

»Kommt mit! Ich hab euch das Spielzimmer fertig gemacht«, ruft sie und hastet in Richtung Treppe.

»Das Gästezimmer ist für Bianca und Robert reserviert wegen der Kinder«, schiebt sie entschuldigend hinterher und flitzt an uns vorbei ins Obergeschoss.

Wie zu erwarten ist auch dieses Stockwerk aufwendig geschmückt, und es wundert mich fast, dass nicht noch ein Weihnachtsbaum in einer Ecke darauf wartet, von uns dekoriert zu werden. Frau Neubauer öffnet eine der zahlreichen Türen, in Wirklichkeit sind es vermutlich *nur* vier oder fünf, aber ich bin zu diesem Zeitpunkt schon so eingeschüchtert, dass mir alles in dem Haus pompös und vor allem *reich* vorkommt.

Überraschenderweise ist das Zimmer relativ spartanisch eingerichtet; ein Bettsofa, ein Bücherregal und ein altes Puppenhaus befinden sich darin und sonst nichts. Auf der aufgeklappten Schlafcouch liegen zwei dicke Daunendecken. Die Sorte, in denen man fast erstickt, weil die so aufgeplustert sind. Man kann die Fluffigkeit der Decken als Gradmesser des Reichtums sehen – je reicher die Besitzer, desto dicker die Decken.

»Das war früher das Spielzimmer, als die Kinder noch klein waren«, erklärt Jonas' Mutter. »Danach war es mein Bastelzimmer, aber letztes Jahr hat mir Harry das Kruschtelzimmer im Keller freigeräumt, seitdem bastle ich bevorzugt dort.«

»Im Kinderbad liegen zwei Gästehandtücher für euch«, fügt Frau Neubauer hinzu und verlässt den Raum.

Jonas setzt sich mit einem Seufzer auf das provisorische Bett. »Manchmal ist sie so anstrengend!«

Ich bin verwirrt.

»Was meinst du denn?«, frage ich erstaunt.

»Na, alles!«, entgegnet Jonas, »da schwingen unterschwellig immer Vorwürfe mit!«

Jetzt bin ich *richtig* verwirrt. Von welchen Vorwürfen spricht er denn?

»Was meinst du denn genau? Sie war doch ganz nett zu mir.«

»Ja, zu *dir* war sie nett! Aber das mit dem Kruschtelzimmer hat sie absichtlich gesagt!«

Okay, jetzt bin ich wirklich lost. Was meint dieser Mann?

»Sie lag mir jahrelang in den Ohren mit den Kisten in dem Zimmer, da waren Sachen aus meiner Kindheit drin. Und sie wollte die ganze Zeit, dass ich die mal mitnehme, was ich nicht gemacht hab, und das wirft sie mir indirekt vor!«, erklärt Jonas weiter.

Ah, daher weht der Wind. Fuck, ein potenzielles Minenfeld. Wenn die deutschen Mutter-und-Sohn-Beziehungen auch nur annähernd so kompliziert sind wie in türkischstämmigen Familien, dann gute Nacht. Für den Fall hab ich leider das Falsche studiert und beschließe, diplomatisch zu bleiben.

»Sie meint es bestimmt nicht böse, Canim«, dabei tätschle ich Jonas' Rücken. »Deine Mutter ist bestimmt auch nur gestresst wegen Weihnachten.«

Jonas murmelt unverständliche Töne in meine Richtung und widmet sich den Koffern; das ist mein Zeichen für einen Themenwechsel.

»Was gibt es denn heute Abend zu essen?«, versuche ich, so beiläufig wie möglich zu fragen.

»Abendbrot«, antwortet Jonas.

»Ja, aber was genau?«, hake ich nach.

»Na, Abendbrot!«, antwortet Jonas.

Verdutzt schaue ich meinen Freund an.

»Abendbrot, also einfach Brot. Abends?«

Jonas fängt an zu grinsen.

»Ja, Brot. Abends.«

Also nichts gegen Brot an sich, gegen ein gutes Käsebrot gibt es nicht viel einzuwenden, aber heute treffe ich die Eltern meines Freundes zum allerersten Mal, und ab morgen ist Weihnachten, da hätte ich schon irgendwie was Festliches erwartet. Jonas bemerkt meinen nachdenklichen Blick und stupst mich lachend an.

»Wenn du gedacht hast, meine Eltern weichen nur wegen dir von ihrer Routine ab, dann kennst du die Neubauers aber schlecht! Da müsste schon der Papst persönlich oder wenigstens Angela Merkel vorbeischauen.«

Ich boxe Jonas auf den Oberarm.

»Jaja, Hauptsache, ich darf überhaupt mitessen und muss nicht im Zimmer warten!«

»So was gab es bei meinen Eltern nicht!«, sagt Jonas entrüstet.

Mein lieber netter Freund, seit einem Jahr muss er sich meine lieb gemeinten Alman-Witze geben, und nicht ein Mal hat er versucht, einen Witz zu entgegnen. Es ist fast zum Verrücktwerden, aber irgendwie auch einfach nur unheimlich süß. Ich drücke ihm einen Kuss auf den Kopf und frage nach dem Badezimmer.

»Wo ist denn euer Bad?«

»Du meinst Kinderbad.«

»Das Bad, das ich benutzen darf halt.«

»Das ist die zweite Tür links.« Jonas grinst mir zu.

Auf dem Weg ins Badezimmer, pardon, Kinderbad fallen mir die Fotos an der Wand ins Auge. Fotos von Jonas und seiner Schwester Bianca als Kinder, als Jugendliche, mit Hund, ohne Hund, dafür mit Katze und ein Familienporträt mit Mama und Papa Neubauer.

So glücklich die vier aussehen, so sehr deprimiert mich das Bild auch. Meine Chaosfamilie wirkt im Vergleich zu den Neubauers noch chaotischer; *ich* wirke im Vergleich zu Jonas und seiner Schwester noch chaotischer, als ich bin. Hier läuft alles in geregelten Bahnen, jedes Zimmer hat seine Bestimmung, jedes Familienmitglied hat sein eigenes Reich.

Meine Familie hatte nicht mal genug Platz für einen Esstisch, geschweige denn ein zweites Bad. Wir lebten zu viert auf sechzig Quadratmetern in einer Dreizimmerwohnung, und es war für alle vollkommen okay. Meine große Schwester Emine und ich teilten uns ein Zimmer und auch das Spielzeug. Uns fehlte es an nichts, zumindest wussten wir von nichts. Alle Menschen, die ich kannte, wohnten in Wohnungen.

Die Einfamilienhäuser, an denen wir manchmal mit dem Auto vorbeifuhren, erkannte ich damals nicht als Eine-einzige-Familie-wohnt-da-drin-Haus. So was kannte ich nur aus dem Fernsehen. Das wurde mir erst bewusst, als ich in der ersten Klasse auf dem Kindergeburtstag meiner Klassenkameradin Sophia eingeladen war.

Ich werde nie vergessen, wie ich mich gefühlt hab, als ich das Haus betrat. Das, was ich fühlte, konnte ich damals noch nicht benennen, aber Jahre später wurde mir klar, es war Scham. Für was genau ich mich geschämt habe? Aus heutiger Sicht – keine Ahnung. Ich hatte noch kein Konzept von Arm und Reich, wir waren nicht arm, aber Sophia beziehungsweise Sophias Eltern waren definitiv reich, und das hab ich schon als Sechsjährige gecheckt.

Sophia hatte unter dem Dach einen ganzen Raum nur zum Spielen! Obwohl ich so begeistert war, wusste ich instinktiv, dass ich meine Eltern damit nicht beeindrucken konnte. Also behielt ich es für mich. Dass meine Klassenkameradin Sophia reich ist, verheimlichte ich meiner Familie, damals verstand ich natürlich noch nicht, dass es meinen Eltern mit hoher Wahrscheinlichkeit bewusst und ebenso egal war.

Als sie mich beim Abholen fragten, wie es denn war, antwortete ich nur kurz und knapp mit »Gut!«, aber abends im Bett stellte ich mir vor, wie es wäre, in so einem Haus zu leben und ein ganzes Zimmer nur für Spielzeug zu haben. Zu dieser Sehnsucht gesellte sich mit der Zeit noch mehr Scham, je älter ich wurde, desto mehr schämte ich mich für den Wunsch nach sozialem Aufstieg.

Jetzt schämte ich mich also nicht mehr nur dafür, ein Arbeiterkind zu sein, sondern zusätzlich auch noch dafür, aufsteigen zu wollen. Ein Dilemma. In der Popkultur wird die vermeintliche Working Class zwar gerne mal romantisiert, aber in

Deutschland sind damit selten die Gastarbeiter:innen aus der Türkei oder deren Kinder gemeint.

So stehe ich gedankenverloren vor den Familienfotos der Neubauers, als ich einen Schatten neben mir erkenne. Jonas' Mama lächelt mich an, ich spüre, wie sie etwas sagen möchte, aber zögert. Meine potenzielle Schwiegermutter. Vor allem uns Türkinnen werden Schwiegermütter oftmals als kompliziert und herrisch verkauft, sie sollen mit Vorsicht zu genießen sein, warum genau, konnte mir bis jetzt noch niemand erklären.

Keine meiner deutschen Freundinnen hat sich bisher groß über ihre Schwiegermütter beschwert, meine türkischen Freundinnen hingegen schon häufig. Ich kenne Jonas' Mutter erst seit circa drei Stunden persönlich und kann sie bisher schwer einschätzen; obwohl ich mit ihr einige Wochen in einer gemeinsamen WhatsApp-Gruppe gefangen war, würde ich ihr Verhalten als höflich neutral beschreiben.

Ich lächle zurück und beschließe, das zu tun, was ich in unangenehmen Situationen immer mache: Fragen stellen, um mir Zeit zu verschaffen, mich von meiner Anspannung zu befreien.

»Schönes Bild! Wo ist das denn entstanden?«

»Das war unser letzter gemeinsamer großer Familienurlaub in San Diego!«, antwortet Frau Neubauer sichtlich erleichtert, dass ich ihr die Last, sich ein unverfängliches Small-Talk-Thema auszudenken, abnehme.

Ich nicke ihr zu in der Hoffnung, dass sie noch ein paar Sätze mehr sagt, weil, mehr als Urlaubs-Small-Talk fällt mir auf die Schnelle nicht ein. Aber den Gefallen tut sie mir leider nicht, sondern lächelt mich wieder einfach nur an. Langsam werde ich nervös – und was passiert, wenn man nervös wird? Klar, man fängt an zu schwitzen beziehungsweise *ich* fange an zu schwitzen.

Als wäre das nicht schon unangenehm genug, überhaupt ein schwitziger Mensch zu sein, gehöre ich auch noch zu der Gattung Gesichtsschwitzer. Bevor mich das Schimmern über meiner Oberlippe verraten kann, wische ich reflexartig mit meinem Ärmel über meine Lippen, erst als Jonas' Mama mich entgeistert ansieht, kapiere ich, wie es für sie ausgesehen haben muss – nämlich so, als würde ich meine Nase am Ärmel abwischen.

Ich sage: »Ich geh dann mal zu Jonas!«, und versuche, so der peinlichen Situation zu entkommen. Frau Neubauer versucht, sich zu einem halb schiefen Lächeln durchzuringen.

»Sag Jonas bitte, dass es in zehn Minuten Abendbrot gibt, ja?«

Ich nicke ihr nur zu und versuche, so unauffällig wie möglich sehr schnell zurück ins Zimmer zu gehen.

An meinem Hinterkopf klebt der ratlose Blick dieser armen Frau, die die Partnerin ihres einzigen Sohnes für eine eklige Schnodder-am-Ärmel-Abschmiererin hält.

Na, das läuft ja richtig super hier! Aber dann muss ich mich beim Abendessen eben etwas mehr ins Zeug legen. Denn ich meine es sehr ernst mit Jonas und unserer Beziehung – also ist es mein größter Wunsch, dass seine Eltern mich bis zum Eintreffen der restlichen Familie morgen als zukünftige Schwiegertochter akzeptieren. Dann hätte ich die beiden wichtigsten Mitglieder der Familie schon in der Tasche. Ich habe nämlich das Gefühl, dass noch ein paar Überraschungs-Endgegner auf mich warten könnten.

Zurück im Zimmer bei Jonas sage ich nichts über die passierte Peinlichkeit, sondern richte nur aus, was mir beauftragt wurde: »Deine Mama sagt, in zehn Minuten gibt's Essen!«

Exakt zehn Minuten später begeben wir uns ins Esszimmer und werden auch schon von Jonas' Eltern erwartet. Frau Neubauer ist dabei, die Kerzen am Adventskranz anzuzünden.

»Setzt euch, setzt euch, was wollt ihr trinken? Wein?«, fragt Herr Neubauer, während er eine Flasche Rotwein entkorkt.

Jonas schaut mich an und formt mit seinen Lippen tonlos: »Sag Ja!«

»Ja, gerne Wein, Herr Neubauer!«, versuche ich enthusiastisch zu antworten.

Jonas drückt meine Hand und nickt mir zu. Ich wüsste ja ganz gerne, was passiert wäre, wenn ich Nein zum Wein gesagt hätte. Das hebe ich mir für meinen nächsten Besuch auf, den es hoffentlich geben wird. Wir setzen uns nebeneinander hin.

Der Tisch ist ebenso wie das gesamte Haus aufwendig dekoriert. Auf jedem Platz liegt ein kleines Holzbrettchen, auf dem eine Serviette drapiert ist, und daneben eine kleine Schale in Blattform mit grünem Salat. Zwischen den Kerzen und Tannenzweigen steht eine Porzellanschale voller Butter. Bei genauerem Hinsehen erkennt man, dass jemand eine Blume in die Butter geschnitzt hat.

»Das ist ja süß, wer hat sich denn da an der Butter verkünstelt?«, frage ich in den Raum.

»Das hab ich doch nicht selbst gemacht, das war natürlich ein Butterstempel«, antwortet Jonas' Mutter vollkommen unironisch.

»Du besitzt wirklich jede Art von Schnickschnack, Mama!«, wirft Jonas seiner Mutter ein kleines bisschen zu motzig vor, die wiederum überhaupt nicht reagiert, sondern nur leicht säuerlich ihre Lippen zu einem schmalen Schlitz zusammenkneift und sich hinsetzt.

Ich stupse Jonas mit meinem Ellenbogen in die Seite, um ihn davon abzuhalten, noch mehr schnippische Kommentare abzulassen. Er darf auf keinen Fall die Stimmung versauen, ich muss hier schließlich noch ein paar Herzen erobern.

Jonas' Vater hält mir ein Körbchen hin, in dem mehrere Scheiben Brot liegen. Um nicht in die Verlegenheit zu kommen, nach einer weiteren Scheibe bitten zu müssen, nehme ich mir eine der größeren Scheiben weg und lege sie auf meinen Teller.

Als Herr Neubauer den Korb seiner Frau hinhält, bemerke ich, dass sie etwas von der Seite des Körbchens hervorholt. Es ist eine kleine Zange. Damit kneift sie sich eine Scheibe Brot auf ihren Teller. Na toll, schon wieder ein Fettnäpfchen mitgenommen. Wenigstens ist Jonas so solidarisch und greift beherzt mit seiner bloßen Hand in den Brotkorb.

»Bedient euch!«, fordert uns Frau Neubauer auf.

In der Mitte des Tisches liegt ein großes Holzbrett, auf dem allerlei Wurstwaren aufgetürmt sind. Weit und breit kein Käse in Sicht. Mist. Jetzt auch noch *der* Eiertanz. Eigentlich haben wir sogar zwei Probleme: Ich esse kein Schweinefleisch, und Jonas isst seit einem halben Jahr gar kein Fleisch mehr. Aber das ist jetzt sein Problem, ich kann nicht beide unserer Ärsche retten. Also entweder spiele ich Wurstroulette und hoffe auf das Beste, oder ich offenbare die Problematik.

Aber das würde nur zu Nachfragen führen, die aufgeladene und bedeutungsschwangere Antworten nach sich ziehen, wie zum Beispiel »Oh, bist du Vegetarierin?« oder »Ach, isst du etwa kein Schweinefleisch?« oder »Warum esst *ihr* eigentlich kein Schweinefleisch?«.

Meine Eltern haben uns oft davon erzählt, wie sie in den ersten Jahren in Deutschland regelmäßig aus Höflichkeit Schweinefleisch aßen, weil sie den meist deutschen und christlichen Gastgeber:innen nicht auf den Schlips treten wollten.

Türkischstämmige Menschen sind zwar bekannt für ihre Gastfreundlichkeit, aber eigentlich sind sie noch viel bessere Gäste. Anstatt das Essen einfach nett abzulehnen, werfen sie ihre Prinzipien über Bord und überwinden nicht nur ihren inneren Schweinehund, sondern schlucken ihn regelrecht runter. So stand ich jetzt vor der Wahl, schweigen und runterschlucken, so wie meine Eltern damals, oder den langen Rattenschwanz an Fragen ertragen.

»Mama, haben wir denn keinen Käse?«, unterbricht Jonas meine Gedanken.

Selten war ich dankbarer für den Jungen als in diesem Moment. Jonas' Mutter schaut ihn verdutzt an.

»Seit wann gibt es denn abends Käse bei uns, Jonas?«

»Wir essen eigentlich keine Wurst mehr, Mama.«

»Wie? Ihr esst keine Wurst mehr? Nicht mal Schinken?«

»Nicht mal Schinken.«

»Schinken ist aber so gesehen keine Wurst«, mischt sich Herr Neubauer ein.

Unrecht hat er ja nicht, aber wenn ich ihm jetzt zustimme, dann fühlt sich Jonas verraten und der Abend ist vollends im Eimer, also sag ich besser gar nichts.

Wortlos steht Frau Neubauer auf und verschwindet in der Küche. Jonas' Vater schaufelt sich derweil den Teller mit verschiedenen Scheiben Wurst voll. Jonas und ich tauschen einen kurzen Blick aus, und er greift unter dem Tisch nach meiner Hand.

Ich kenn ihn gut genug, um zu wissen, was er mir damit sagen will: »Durchatmen!«

Jonas' Mama kommt mit einer Tupperdose zurück und stellt das Plastikgefäß auf Jonas' Teller.

»Danke, Mama«, sagt Jonas und betont das »Mama« besonders deutlich.

Hoffentlich ist das Wurst-Thema damit abgehakt, weil die Stimmung auf jeden Fall kein weiteres Gespräch mehr über abweichende Essgewohnheiten verträgt. Da ich betretenes

Schweigen nur schwer ertragen kann, versuche ich, das Eis zu brechen.

»Nur gut, dass wir eine Extrawurst aus Käse bekommen!«

Das Erste, was mir einfällt, muss natürlich ein schlechter Witz ein, es wäre auch zu schön gewesen, wenn mir zur Abwechslung was Cleveres oder zumindest Neutrales in den Sinn gekommen wäre. Ich bin noch keine sechs Stunden hier und habe locker schon mindestens drei grenzdebile Dinge gesagt oder getan.

Das ist sogar für meine Verhältnisse keine gute Quote. Aber mir ist beim besten Willen nichts Besseres eingefallen. Sobald ich nervös bin, fällt meine Hirn-Mund-Schranke leider aus. Nicht die perfekten Voraussetzungen für einen guten ersten Eindruck bei den Schwiegereltern in spe. Ehrlich gesagt gehe ich mittlerweile fest davon aus, dass mich Jonas' Eltern nicht nur als ihres Sohnes unwürdig betrachten, ich denke, sie finden mich sogar ausgesprochen dämlich. Wär ich doch nur zu Hause geblieben.

Ich schnappe mir die Tupperdose, fische eine Scheibe Käse raus und lege sie akkurat auf das Brot.

»War das etwa ein Dad-Joke?«, fragt Herr Neubauer in die Stille hinein.

Jonas' Mutter fängt sichtlich an zu schmunzeln, ehe erst ihr Sohn, dann ihr Mann und schließlich auch ich in schallendes Gelächter ausbrechen. Jonas drückt mir einen Schmatzer auf die Hand, und ganz plötzlich wirkt dieses Haus nicht mehr ganz so groß und einschüchternd, und ich spüre einen Anflug von Vorfreude auf den morgigen Tag.

7

Nach einer kurzen und ungemütlichen Nacht wachen Jonas und ich am nächsten Morgen pünktlich um sechs Uhr auf. Mein Rücken fühlt sich an, als ob ich die Nacht auf einem Bett aus Beton verbracht hätte. Wer hätte gedacht, dass wohlhabende Leute so unfassbar ungemütliche Schlafsofas haben können? Obwohl Jonas' Schwester erst heute ankommt, ist das *richtige* Gästebett im *richtigen* Gästezimmer für sie reserviert.

Um Punkt sieben Uhr stehen wir in der Küche, wo Herr und Frau Neubauer schon fleißig am Kochen und Vorbereiten sind.

»Da seid ihr Schlafmützen ja endlich!«

Moment. Schlafmützen? Wir haben sieben Uhr an einem Feiertag. Frau Neubauer kommentiert unser scheinbar spätes Erscheinen in einem Tonfall, der sofortige Schuldgefühle in mir auslöst – und bei Jonas, seinem Blick nach zu urteilen, auch.

»Ihr hättet uns auch wecken können«, antwortet er nicht minder vorwurfsvoll, aber glücklicherweise mischt sich Herr Neubauer ein.

»Wascht euch mal die Hände jetzt, ihr müsst die Gans füllen.«

Jonas und ich tauschen einen fragenden Blick aus, aber insgeheim bin ich sehr froh, eine, ich vermute recht komplexe, Aufgabe zu bekommen – weniger Optionen für Fehler.

So verbringen wir den ganzen Vormittag damit, das Essen für den Abend vorzubereiten. Jonas' Vater kündigt stündlich den nächsten Arbeitsschritt an, es geht hier zu wie bei der Bundeswehr, also habe ich gar keine Zeit nervös zu sein oder mir Horrorszenarien auszumalen.

Punkt 10 Uhr klingelt es an der Tür. Bianca plus Anhang. Jetzt kickt meine Nervosität doch rein. Jonas hat zwar noch nie etwas wirklich Negatives über seine Schwester gesagt, aber die Mischung aus den Erzählungen über sie und meine Instagram-Recherche haben sich in meinem Kopf zu einem Bild kumuliert, das ich nicht unter der Kategorie »coole Schwägerin« verorten würde.

Ich würde Bianca eher als konservative Bio-Micro-Influencerin bezeichnen. Diesen Eindruck erwecken zumindest ihre Instagram Reels, in denen sie ständig von Rohkost-Rezepten redet und zuckerfreie Ernährung bewirbt. Sie gehört also zu der Sorte Mensch, der diese Funktion auf eine ernst gemeinte Art benutzt, was ich an sich schon fragwürdig finde.

Aber wie sie sonst so drauf ist oder mich finden könnte, kann ich gar nicht abschätzen. Die beiden Neffen von Jonas stürmen ungebremst ins Haus und kommen abrupt vor mir zum Stillstand.

»Wer bist du?«, fragt mich der Größere der beiden forsch.

»Ich bin die Elif, die Freundin eures Onkels! Und wie heißt du?«, antworte ich schriller als geplant.

»Welcher Onkel?«, entgegnet der Junge schnippisch und rennt zurück zu seiner Mutter.

Der kleinere der beiden Jungs bleibt einfach stehen und glotzt mich skeptisch an. Na, dann versuche ich's mal bei dem, denke ich mir.

»Hallo, ich bin die Elif, und wer bist du?«, frage ich erneut und versuche, dabei möglichst ruhig und sanft zu klingen.

Der Kleine ist nach meiner Einschätzung alt genug, um schon sprechen zu können, aber auch er starrt mich einfach nur wortlos an. Ich denke fieberhaft nach, was Jonas mir schon alles über seine Neffen erzählt hat. Vielleicht kann ich daraus einen Kick-off für unsere Kommunikation basteln. Aber mehr als das, was ich sehe – nämlich zwei Jungs mit geringem Altersabstand, die sich im Grunde für alles interessieren könnten, wofür Kinder sich halt so interessieren –, fällt mir partout nicht ein.

Betretenes Schweigen zwischen Erwachsenen und Kindern ist noch unangenehmer als zwischen zwei Erwachsenen, weil Kinder absolut keine Scheu haben, einen unverhohlen anzuglotzen. So starrt mich der Junge also weiterhin einfach an, während aus seinem halb offenen Mund kleinkindtypisch etwas Sabber läuft.

Es ist nicht so, dass ich ein generelles Problem mit Kindern habe, eigentlich finde ich Kinder sogar meistens cooler als ausgewachsene Menschen, aber ich habe einfach zu wenig Kontakt zu ihnen. Man könnte mir genauso gut ein Pferd vorsetzen. Bei dem weiß ich auch nicht so genau, wie ich mit ihm umgehen müsste.

So stehen wir nun also da, der Junge und ich, und glotzen uns ungeniert an.

»Hey, Finn, das ist meine Freundin, Elif!«, grätscht Jonas dazwischen und erlöst uns damit aus unserem Glotz-Wettbewerb.

Ich strecke Finn meine rechte Hand entgegen und setze mein liebstes und marypoppinshaftestes Lächeln auf, woraufhin der Junge sich einfach umdreht und ins Wohnzimmer rennt.

»Kinder sind komisch«, flüstert Jonas mir zu und nimmt meine Hand.

Ich weiß nicht, ob er speziell diese Kinder meint oder generell alle, aber ich befürchte Ersteres. Die Bezeichnung Biancas-BabyBoys kann ja gar nicht spurlos an den beiden vorübergegangen sein.

»Hallooo!«, trällert es von hinten.

Wimpernklimpernd steht Bianca vor mir. Sie streckt mir nicht ihre Hand zu, sondern kneift nur ihre Augen und Lippen zusammen. Ich deute es als Lächeln und tue es ihr nach. Vermutlich sehen wir aus wie zwei Volltrottel. Jonas, wie immer der Retter in der Not, nimmt seine Schwester in den Arm.

»Naaa, Bibs?«

»Na, Joni?«, entgegnet Bianca.

Bibs und Joni. Damit hatte ich nun wirklich nicht gerechnet. Die Spitznamen sind so albern, dass sie schon wieder saulieb sind.

»Das ist Elif«, stellt mich Jonas vor.

Schüchtern strecke ich ihr meine Hand nun doch entgegen und hoffe, dass sie es mir gleichtut.

»Hallo Elif, schön, dich kennenzulernen«, haucht mir Bianca sanft zu und drückt kraftlos meine Hand.

»Ja, hi, jaja, find ich auch«, entgegne ich leise.

In dieser Familie wird sehr atemlos und leise gesprochen, das ist mir gestern schon aufgefallen, aber ich dachte, das wäre so ein Elternding. Jonas spricht nämlich überhaupt nicht so, sondern immer mit fester Stimme. Aber seine Schwester hingegen klingt nicht nur wie ein ätherisches Wesen, sondern sieht dazu mit ihren goldblonden Haaren und langen Gliedmaßen auch noch so aus. Typ Pferdemädchen eben. Sehen alle gleich aus und benehmen sich meistens auch so. Hinter ihr taucht ein unscheinbarer Mann auf, dessen Gesicht ich mir nicht mal merken könnte, wenn mein Leben davon abhinge.

»Hallo. Robert«, stellt sich Biancas Mann vor und hebt zaghaft seine Hand.

Ich weiß jetzt schon, dass es das Erste und auch Letzte sein wird, was ich an diesem Tag von ihm hören werde. Die Haut von Robert weist keinerlei Mimikfalten, dafür viele hektische Flecken auf. Der hat ganz eindeutig jetzt schon die Schnauze voll von Weihnachten.

Kaum haben Bianca und ihr Mann ihre Mäntel ausgezogen, klingelt es erneut an der Tür. Tante Claudia und Onkel Georg stehen als Nächstes auf der Matte. Die haben zwar keine schreienden Kinder, dafür sind sie deutlich zu alt, aber stattdessen einen sehr dicken und haarenden Labrador namens Bobby und ihre schlecht gelaunte Teenagertochter Patrizia mit ihrem Freund Carlo dabei. Die Neubauers sind wirklich allesamt superpünktlich. Klar, was anderes habe ich auch nicht erwartet.

Was mich allerdings ziemlich überrascht, ist die Lautstärke – oder besser gesagt die nicht existente Lautstärke. Für so eine große Familie, vor allem für deutsche Verhältnisse, geht es erstaunlich leise zu. Eigentlich hört man nur Finn und Theo, Biancas drei- und fünfjährigen Söhne. Die sind dafür exorbitant laut, und das wird stillschweigend von der ganzen Familie hingenommen. Die anderen Familienmitglieder unterhalten sich alle fast schon im Flüsterton, und wenn man nicht in direkter Nähe sitzt, versteht man auch kein Wort.

Das wäre in meiner Familie undenkbar. Die besteht zwar aus ungefähr gleich vielen Mitgliedern wie die Neubauers, aber bei einer Familienfeier sollte man immer Ohropax dabeihaben, so laut, wie da geredet wird. Ich schob es immer auf die Anzahl der Personen, aber die Neubauers beweisen mir gerade das Gegenteil. Meine Familie ist also wohl einfach nur unnötig laut.

Glücklicherweise hat Jonas' Cousine Patzi ihren Verlobten Carlo dabei, der anscheinend relativ erfolgreich in irgendeiner Drittligafußballmannschaft spielt. Das gefällt besonders Onkel Georg ausgesprochen gut, und es gibt eine Stunde lang kein anderes Thema als Fußball.

Mir ist das ganz recht so, weil ich gemütlich an einer Brötchenhälfte mit Lachs rumnibbeln kann, ohne das Gefühl zu haben, unter Beobachtung zu stehen. Endlich kann ich mich etwas entspannen und fühle mich fast schon so was wie wohl. Jonas schenkt mir ein weiteres Glas Sekt ein, was Onkel Georg leider dazu bewegt, seine Aufmerksamkeit auf mich zu richten.

»Elief, ihr seid doch auch so Fußballfanatiker!«, richtet sich Onkel Georg an mich.

Weil ich mehr mit Essen beschäftigt bin und nicht damit gerechnet habe, angesprochen zu werden, versuche ich jetzt mit aller Gewalt, das viel zu große Stück Lachsbrötchen in meinem Mund mit wenigen Kaubewegungen runterzuschlucken, wobei ich mich fast an einer Kaper verschlucke und deshalb mit dem kompletten Glas Sekt hinterherspülen muss.

»Äh, wer?«, frage ich nach Luft röchelnd mit hochrotem Kopf und versuche dabei, ein Hüsteln zu unterdrücken.

»Na, ihr guckt doch auch alle gerne Fußball! In der Türkei!«, schiebt Georg, leicht nervös werdend, hinterher.

Ah, das hätte ich mir doch gleich denken können, wen genau er mit *ihr* meint. Ich zögere kurz und überlege, welchen Weg ich gehen soll. Die erste Option wäre die Konfrontation. Wenn ich Onkel Georg jetzt vor versammelter Mannschaft outcalle, dann ist Weihnachten bestimmt futsch. Option zwei wäre der Weg des geringsten Widerstandes. Also einfach mitspielen und höflich antworten, dafür ein halbwegs entspanntes Weihnachtsfest haben.

Option zwei ist und bleibt der bevorzugte Weg meiner Eltern und auch der, den ich gelernt habe. Erst die letzten Jahre habe ich ein Bewusstsein dafür entwickelt, welche Kommentare mir nichts ausmachen und welche ich nicht mehr so stehen lassen möchte. Aber ob das allererste Zusammentreffen meiner potenziellen Schwiegerfamilie und mir wirklich der beste Zeitpunkt ist, meine Agenda durchzuziehen, weiß ich nicht so genau. Also ziehe ich den Schwanz ein und entscheide mich für Höflichkeit. Noch bevor ich zu einer Antwort ansetzen kann, kommt mir Jonas dazwischen.

»Niemand außer dir mag Fußball, Georg!«, antwortet er seinem verdutzten Onkel, der sich enttäuscht abwendet und sein Gespräch mit Carlo weiterführt. Patrizia lächelt mir zu und hebt entschuldigend die Hand. Womit ich sie automatisch als meine Verbündete abspeichere.

Jonas schenkt mir ein weiteres Glas Sekt ein und sieht mich ermutigend an. Zu meinem Glück hat niemand anderes am Tisch mitbekommen, dass meine Herkunft kurz Thema hätte werden können; denn das führt meistens nur zu weiteren – dummen – Nachfragen. Eine einzige Frage öffnet immer Tür und Tor für viele weitere latent unverschämte Fragen, die eigentlich nur aufkommen, weil die meisten deutschen Familien so gut wie gar keinen Kontakt zu anderen Nicht-Deutschen-Familien haben.

Die ersten Gastarbeiter:innen aus der Türkei sind zwar schon vor über sechzig Jahren auf deutschem Boden, aber eben nicht in den meisten deutschen Freundes- und Familienkreisen angekommen. Das ist noch Neuland. Für beide Seiten. Deswegen kennen meine Eltern Jonas auch noch gar nicht. Besser gesagt: Sie wissen noch nicht einmal von ihm. Das wiederum wissen Jonas' Eltern nicht, weil sie das mit Sicherheit nicht verstehen würden.

Es ist nicht so, dass meine Eltern ein Problem mit Jonas oder generell einem deutschen Freund haben könnten, sondern eher die Tatsache, dass man gewisse Bereiche seines Lebens eben nicht mit den Eltern teilen möchte. Glücklicherweise liegen zwischen dem Wohnort meiner Eltern und Jonas und meinem ziemlich genau sechshundertdrei Kilometer. Das erleichtert einem das Doppelleben erheblich. Unangekündigt schaut da keiner vorbei. Zumal meine Eltern auch getrennt leben und allein schon aus Angst, sich zufällig zu treffen, niemals unangekündigt vorbeikommen würden.

Traditionell werden die Eltern erst involviert, wenn es ernst wird in der Beziehung, also so richtig ernst mit Heiraten und Kinderkriegen. Alles, was davor passiert, zählt nicht und wollen die meisten Eltern auch gar nicht so genau wissen. Mein Vater hält es da wie die drei Affen, er sieht, hört und sagt nichts.

Wenn man eine Sache als Türkin gut beherrscht, dann ist das die Geheimnistuerei. Ich kann zwar keine simple Sachaufgabe aus dem Matheunterricht achte Klasse verstehen, aber ein komplett geheimes zweites Leben führen kann ich gut. Deswegen fällt mir aber auch das Rollenspiel vor Jonas' Familie nicht ganz so schwer, ich bin es von zu Hause gewohnt.

Dabei sind meine Eltern im Vergleich zu einigen anderen türkischen Eltern ziemlich locker. Ich muss also nicht allzu viel lügen, sondern eher verschweigen. Und das muss ich jetzt bei Onkel Georg auch; also ich muss nicht unbedingt, aber es macht das Kennenlernen eben doch etwas einfacher. Für alle Beteiligten.

Es scheint, als wäre es an der Zeit für irgendwas, denn Herr Neubauer stellt sich auf eine kleine Trittleiter und räuspert sich laut hörbar. Die restlichen Gespräche verebben, und alle richten ihren Blick auf Jonas' Vater.

»So, ihr Lieben, bevor wir eine kleine Pause einlegen, möchte ich noch das traditionelle Familienfoto vorm Baum schießen!«, verkündet er bestimmend.

Alle stellen und setzen sich wie bestellt vor den Baum, und Herr Neubauer versucht, die harmonischste Verteilung der Personen zu koordinieren. Ich werde mit Jonas zusammen auf dem Boden sitzend positioniert. Als alle auf ihren zugewiesenen Plätzen sind, stellt sich Jonas' Vater mit seiner Spiegelreflexkamera nach vorne.

»Das kann doch auch Elif machen, Papa! Sonst fehlst du auf dem Bild!«, unterbricht ihn seine Tochter.

Herr Neubauer schaut mich über seine Brille hinweg fragend an.

»Jaja, klar, gerne!«, antworte ich hastig und stehe schnell auf, bevor Jonas etwas sagen kann.

Sichtlich zufrieden lächelt mich Bianca an. Nach ein paar Fotos steht Frau Neubauer von ihrem Sitzplatz auf.

»Das reicht doch jetzt mal, Harry!«, blökt sie ihren Mann an, der wiederum ebenfalls aufsteht und mir die Kamera dankend abnimmt.

Nach unserer wohlverdienten Pause, die Jonas und ich heimlich rauchend beim Bäcker um die Ecke verbracht haben, versammelt sich die ganze Alman-Mannschaft im Wohnzimmer. Frau Neubauer verteilt fleißig die selbst gestalteten Liederhefte – und mit *selbst gestaltet* meine ich wirklich komplett selbst gestaltet. Das Cover ist ein handgezeichnetes Bild eines Weihnachtsbaums, es gibt ein Inhaltsverzeichnis und sage und schreibe vierzig Liedtexte mit Noten!

Herr Neubauer sitzt schon am Klavier und klimpert gedankenverloren auf ein paar Tasten rum. Jonas hat mir schon viel von diesem Moment erzählt, dementsprechend hatte ich genug Zeit, mich mental darauf vorzubereiten. Singen ist bei den

Neubauers nämlich eine *sehr* ernste Angelegenheit. Bianca koordiniert die korrekte Choraufstellung und scheucht ihre beiden Kinder vom Couchtisch.

»Was singst du?«, richtet sie sich an mich.

»Äh, keine Ahnung. ›Jingle Bells‹ vielleicht?«, antworte ich.

Bianca schaut mich verblüfft an.

»Ich kenne nicht so viele Lieder«, schiebe ich entschuldigend hinterher.

»Ich meinte, in welcher Tonlage singst du?«, fragt Bianca sichtlich ungeduldig.

»Oh, ach so, äh, ich singe eigentlich nicht«, versuche ich möglichst sympathisch rüberzubringen.

Aber Biancas angespannten Kiefer nach zu urteilen findet sie unser kleines Missverständnis einfach nur anstrengend und kein bisschen sympathisch. Sie wendet sich von mir ab und zeigt auf die Couch. Ich spüre ihr Augenrollen, ohne es zu sehen, und setze mich brav an die Stelle, die sie für mich vorgesehen hat. Jonas eilt mir hinterher.

»Nimm's nicht persönlich, sie ist zu allen so.«

»Mhmhm«, murmle ich.

Als alle sitzen, holt Bianca ein kleines Ding aus ihrer Hosentasche und pustet rein. Es ertönt ein Pfeifen. Jonas' Papa fängt an, eine Melodie zu spielen, die mehr nach Beerdigung als nach Weihnachten klingt. Alle fangen zeitgleich an zu singen – zu meiner Überraschung sogar Jonas.

Ich blättre hektisch und so gut es geht, ohne zu rascheln, in dem kleinen Heftchen herum, aber ich kann beim besten Willen nicht heraushören, welcher Text gesungen wird. Jonas hält mir sein Heft hin und zeigt auf die Seitenzahl in der Ecke. Ich blättre schnell auf die richtige Seite. Das Lied heißt wohl »Es ist ein Ros entsprungen«, ich habe gedanklich schon längst aufgegeben und bewege meine Lippen nur alibimäßig, während ich fieberhaft den Text scanne.

Warum werden Kirchenlieder oder Weihnachtslieder eigentlich immer in so einer hohen Tonlage gesungen? Das bekommt doch kein Mensch ohne Gesangsausbildung hin! Ich versuche, möglichst unauffällig meinen Blick schweifen zu lassen, dabei erwischt mich leider einer von Biancas Söhnen. So gesehen erwische ich ihn auch beim Nichtsingen, aber als Dreijähriger ist man wohl entschuldigt.

Ich strecke ihm die Zunge raus und ziehe eine Grimasse, woraufhin er lachen muss, was ihm wiederum einen bösen Blick von seiner Mama beschert. Wir grinsen uns verschwörerisch an. Wenigstens ein Familienmitglied ist auf meiner Seite.

Nach einer gefühlten Ewigkeit hören wir endlich mit dem Gesinge auf, und es gibt Kaffee und Kuchen. Es wird über die verschiedenen Kuchensorten und jeweiligen Teigarten und Vorlieben eines jeden Einzelnen referiert.

Ein wahrlich unverfängliches Thema, ich plaudere mit und fühle mich langsam richtig wohl. Der ein oder andere »Wie ist das denn bei euch«-Satz fällt zwar, aber bei Backwaren gibt es erfreulicherweise nicht so viele Fauxpas. So kann's also auch gehen. Bis wir bei der Diashow von Jonas' Eltern angekommen sind, bin ich tiefenentspannt und kann den Tag sogar richtig genießen. Keiner stellt mir blöde Fragen oder achtet groß auf mich.

Es kommt doch noch ein kleines bisschen Weihnachtsstimmung in mir auf, und ich könnte mir fast schon vorstellen, jedes Jahr ein Teil dieser Feier zu sein. Biancas Söhne jagen lachend Onkel Georgs Hund durch das Haus, und an der Wand sind schöne Dias des letzten Südafrika-Trips von Jonas' Eltern zu bestaunen.

Ich kuschle mich an Jonas' Schulter, und zum ersten Mal in den letzten zwei Tagen verspüre ich, so etwas wie Ruhe und Gelassenheit in mir aufsteigen. Bisher war der Besuch bei seinen Eltern für mich alles andere als erholsam.

Mehr noch: Die Idee, die ich von Weihnachten und der Art, wie die Deutschen dieses Fest feiern, hatte, hat sich so gar nicht bewahrheitet. Aber jetzt, nachdem das erste Kennenlernen vorbei ist, die Fronten geklärt sind und wir das Singen hinter uns gebracht haben, steht einem besinnlichen Abend eigentlich ja gar nichts mehr im Wege. Ein bisschen Dias schauen, leckeres Essen in sich hineinstopfen und dann noch ein paar Geschenke verteilen. Ich glaube, das wird noch ein richtig schönes Weihnachtsfest.

8

Kaum sind wir beim letzten Bild angekommen, spüre ich eine seltsame Grundspannung bei ungefähr allen Mitgliedern der Familie Neubauer aufkommen. Gut, außer bei Jonas' älterem Neffen Theo. Der hat sich nämlich stillschweigend abgeseilt und das Smartphone seiner Mutter aus deren Tasche stibitzt, um es sich dann in der hinterletzten Ecke des Sofas zwischen Sessel und Schrankwand bequem zu machen.

Ich würde es ihm am liebsten gleichtun und zur Entspannung einfach ein bisschen gedankenverloren auf meinem iPhone rumscrollen. Mal schauen, wie die Kardashians so Weihnachten feiern, oder mich bei meinen Freundinnen erkundigen, wie der Heiligabend bei ihnen so läuft, und ganz vielleicht auch ein kleines bisschen über einige Neubauer'sche Absurditäten herziehen. Wirklich nur ein ganz kleines bisschen!

Aber derartige Zerstreuung ist im strikten Zeitplan – wir müssten mittlerweile bei Tagesordnungspunkt Nummer vierzehn *Abfahrt Kirche* der Neubauer'schen Exceltabelle angekommen sein – nicht vorgesehen. Wenn ich so darüber nachdenke, bin ich von der ganzen strikten Taktung richtig gestresst. Von Minute zu Minute verfällt jeder um mich herum mehr in Hektik. Gäste-WC und Badezimmer sind in einer Tour besetzt, und es bilden sich Schlangen wie vor einer Clubtoilette. Ähnliche Szenen spielen sich vor dem Ganzkörperspiegel an der Garderobe ab, in dem jedes Familienmitglied noch mal sein Outfit checken muss.

So lange, bis Frau Neubauer sich um Punkt 16 Uhr 30 an die geöffnete Haustür stellt und beginnt, uns an die frische Luft zu befördern, wobei sie wirklich in bester Grundschullehrerinnen-Manier jeden von uns abzählt. Obwohl ich eigentlich total gespannt auf die Kirche bin, wünsche ich mir gerade, wie Kevin aus »Kevin – Allein zu Haus« einfach vergessen zu werden, aber Frau Neubauers Adlerlaugen und ihrem akribischen Organisationsdrang entgeht niemand.

Sie zählt nicht nur jedes Familienmitglied ab, sondern scannt zeitgleich äußerst auffällig die Outfits aller Anwesenden auf Kirchentauglichkeit. Da man kaum noch mehr Haut bedecken kann, als ich es in meinem Kleid tue, habe ich nichts zu befürchten und fühle mich nach ihrem anerkennenden Nicken wie ein Schulkind, das einen Sternchenaufkleber ins Hausaufgabenheft bekommen hat.

Als schließlich alle fertig sind, geht es in einer Autokolonne durch die halbe Stadt in Richtung Kirche. Auch wenn ich nicht so viel mit Glaubensgemeinschaften im Allgemeinen und Gotteshäusern im Speziellen anfangen kann, freue ich mich insgeheim schon sehr auf meinen ersten traditionellen Heiligabend in einer Kirche. Ich stelle mir alles ganz romantisch vor, überall glitzernde Lichter und eine besinnliche Stimmung voller leuchtender Augen. Während der Fahrt frage ich mich wieder, was mir auch schon beim ersten Blick auf Frau Neubauers Timetable aufgefallen war: Warum um alles in der Welt muss man bitte mit einer guten halben Stunde Vorlauf in der Kirche aufkreuzen? Ich habe ehrlich gesagt nicht so viel Ahnung von Besuchen in Glaubenshäusern, aber wenn Jonas und ich manchmal an Kirchen vorbeigehen, sehen die nicht so aus, als würde da irgendein Publikumsverkehr stattfinden.

Als Jonas' Vater den Wagen auf den Parkplatz an der Kirche rollt, kann ich meinen Augen kaum trauen. Es herrscht mehr Gedränge als vor einer Ikea-Filiale an einem Samstagvormittag: Es geht im Schneckentempo voran, überall wird rangiert und gehupt.

»Bitte alle mal mit die Augen aufhalten«, sagt Jonas' Vater konzentriert, während wir an den besetzten Parkplätzen vorbeirollen.

»Da ist einer!«, ruft Jonas, und sein Vater schlägt das Lenkrad ruckartig nach nach links.

»Harry, bist du du denn verrückt geworden?«, kreischt Jonas' Mutter. »Das passt doch nie im Leben. Wie sollen wir denn da noch aussteigen? Also manchmal frage ich mich wirklich, wo du deinen Führerschein gemacht hast.«

Jonas' Vater stößt umständlich Luft aus, legt noch umständlicher und vor allem demonstrativ den Rückwärtsgang ein, dann rollen wir unter großem Gehupe scitens der Fahrzeuge hinter uns wieder aus der zu kleinen Parklücke heraus. Schließlich werden wir im hinterletzten Eck doch noch fündig.

Als wir die Kirche betreten, wird mir schlagartig bewusst, warum wir unbedingt eine halbe Stunde vorher da sein mussten: Es ist brechend voll. Der riesige Raum scheint wirklich aus allen Nähten zu platzen. Einen derartigen Andrang hätte ich vielleicht bei der Beisetzung der Queen oder so erwartet, aber nicht in einer Kleinstadt für die angebliche Geburt eines unehelichen Kindes im Jahre null.

»Hätte man hier reservieren müssen?«, frage ich Jonas mehr zum Spaß.

»Hätte?«, sagt er schmunzelnd. »Du kennst meine Mutter doch jetzt schon ein bisschen, oder?«

Tatsächlich manövriert uns Jonas' Mutter gekonnt durch das Kirchenschiff, vorbei an den bereits stehenden Menschen. Ein riesengroßes Schaulaufen. Ich kann spüren, wie mich manchmal Blicke streifen und die Menschen sich fragen, was ich eigentlich hier in der Kirche zu suchen habe. Die Augen suchen an mir herum und versuchen, meine Herkunft zu erraten, aber keine Chance. Nur eine Sache ist klar: Die gehört hier nicht her.

Ungefähr auf der Mitte des Raumes biegen wir links ab und dann noch einmal rechts und stehen mit einem Mal vor einer mit rot-weißem Flatterband versperrten Kirchenbank, auf der »Familie Neubauer« steht. Triumphierend nimmt Jonas' Mutter das Absperrband und winkt uns alle nacheinander auf die Bank.

Unsere Spezialbehandlung in Form der Sitzplatzreservierung ist natürlich nicht unbemerkt geblieben – und dadurch, dass wir am Rand der Kirche Platz genommen haben, sitzen wir praktisch auf dem Präsentierteller und kriegen die neiderfüllten Blicke der restlichen Gottesdienstbesucher in vollem Umfang zu spüren.

Ich merke, wie mir heiß wird, und beschließe, schnell wegzuschauen und mich zum ersten Mal so richtig umzusehen. Ich habe mit meinen siebenundzwanzig Jahren nämlich erst eine Kirche von innen gesehen. Und zwar auf der Hochzeit meiner Freundin Lisa. Wobei das ja wenig mit Kirche im eigentlichen Sinne zu tun hat. Das machen die meisten eh nur für ihre Eltern, und das weiß der Pfarrer auch. Deshalb gab es auch nur das Notwendigste in Sachen Glaubensprozedere. Hier ein Gebet, da ein Lied, zweimal ein Ja-Wort, fertig.

Aber wenn ich früher am Sonntagmorgen mal im öffentlich-rechtlichen Fernsehen bei den Übertragungen der Gottesdienste hängen blieb, war ich immer verwundert darüber, was da für eine Stimmung herrschte.

Irgendwie ist der Vibe, der von Kirchen ausgeht, immer total morbide. Diese großen grauen Gebäude, drinnen ist es kalt, und es zieht. An der Wand hängt ein toter Mann am Kreuz. Alle sitzen mit ausdruckslosen Gesichtern auf den Bänken. Stehen gemeinsam auf, beten mit monotoner Stimme, setzen sich gemeinsam. Im Grunde ist es ja auch einfach absurd: Da stirbt einer, und dann wird sein Körper seit Jahrtausenden in Form von staubtrockenen Oblaten Woche für Woche an Menschen verteilt, die außerdem auch noch sein Blut trinken – und keinen stört das! Das ist irgendwie gruselig.

Gut, in einer Moschee herrscht jetzt auch keine Partystimmung, aber wenigstens verstehe ich die arabischen Gebete nicht, und ich musste glücklicherweise noch nicht allzu oft dahin, meine Eltern hatten als Schichtarbeiter gar keine Zeit, zum Freitagsgebet zu gehen oder uns in die Koranschule zu bringen.

Die Kirche ist eigentlich ganz schön, aber die Holzbänke sind total hart, und mein Hintern ist dabei, einzuschlafen. Am Anfang wurden Kissen ausgeteilt. Ich dachte, das brauchen nur alte Menschen. Aber jetzt, nach einer guten Viertelstunde, hätte ich auch gerne eines unterm Hintern.

Jonas' Eltern singen die Lieder alle auswendig mit. Jonas ebenso. Seine Schwester trällert demonstrativ laut und glockenhell. Während ich mit kalten und steifen Fingern im Gesangsbuch nach der richtigen Nummer suche, ist das Lied schon wieder vorbei, also gebe ich auf und beobachte lieber die Menschen um mich herum. Man erkennt auf den ersten Blick die regelmäßigen Kirchgänger, das sind die, die mitsingen, ohne ins Gesangsbuch schauen zu müssen.

Ich frage mich, ob ich wohl die einzige Nicht-Christin hier bin und warum ich überhaupt mitgekommen bin; so fehl am Platz, wie ich mich fühle, wäre ich sogar im kalten Auto besser aufgehoben als in diesem Weihnachtsgottesdienst.

Plötzlich grabbelt jemand an meinem Bein herum und reißt mich aus meinen Gedanken. Es ist Biancas Sohn Finn. Ihm ist anscheinend genauso langweilig wie mir, was er zum Anlass nimmt, die Kirche zu erkunden. Beziehungsweise jetzt gerade erkundet er lieber meine Handtasche, die ich an den kleinen Haken vor mir gehängt habe.

Ich versuche, ihn möglichst lautlos davon abzuhalten, aber er steckt schon längst mit beiden Händen und seinem halben Kopf in der Tasche. Ich schaue Hilfe suchend zu Jonas, aber der grinst mich nur belustigt an. Bianca hingegen guckt nicht so erfreut. Das läuft ja hier wieder ganz toll. Endlich taucht Finn aus den Untiefen meiner Tasche auf und fingert an irgendwas rum, was er anscheinend herausgezogen hat. Ich sende Stoßgebete zur Kirchendecke, dass es nicht das Softpack Zigaretten ist, die ich im kleinen Seitenfach verstaut habe, sondern höchstens mein Handy. Wenn es einen Gott gibt, dann muss er mich ja hier besonders gut hören.

Gerade als ich mich mental darauf vorbereite, das unbekannte Objekt aus seinen klebrigen Kinderhänden zu reißen, dreht sich der Kleine zu mir und präsentiert mir stolz seine Beute. Es ist, zu meiner Erleichterung, ein Lippenpflegestift. Zeitgleich zum Amen der Gemeinde fällt mir der Stein vom Herzen. Ich wuschle ihm durch die Haare, und er verschwindet mitsamt meinem Labello in die nächste Kirchenbankreihe.

Und weil jetzt vorne wirklich mal etwas passiert, verliere ich ihn direkt aus den Augen. Auf einmal marschiert nämlich eine ganze Horde verkleideter Kinder aus einem Nebenraum in die Kirche. Überall macht es »Oh« und »Ah«, aus ein paar Ecken höre ich sogar kurz Applaus aufkommen, aber Deutsche lassen sich nicht so einfach zu spontanen Emotionsausbrüchen verleiten.

Ein paar der Kids haben Kuscheltierschafe unter den Armen und Stöcke dabei, andere sind in glänzende Gewänder gehüllt, und ein Mädchen trägt einen weißen Bademantel sowie überdimensionale Flügel auf dem Rücken. Als Letztes folgt ein Paar, das ein als Esel verkleidetes Kind vor sich hertreibt. Ich fasse mir kurz an den Kopf, um mich zu vergewissern, dass ich nicht gerade einen seltsamen Fiebertraum habe.

»Jonas, was geht denn hier ab?«, frage ich unauffällig.

»Jetzt kommt das Krippenspiel!«

»Aber das haben deine Eltern doch zu Hause unterm Baum aufgebaut?!«

Ich bin irritiert.

»Ja, aber das ist ja nur eine Szene – jetzt kommt die komplette Geschichte.«

»Welche Geschichte?«

»Na die, wie Jesus geboren wurde!«

Okay, damit kann ich leben. Endlich werden mir Tradition und Geschichte mal nicht mit vorwurfsvollen Blicken und einer »Das haben wir schon immer so gemacht!«-Attitüde vermittelt, sondern ich muss mich nur zurücklehnen und bekomme die wirklich wichtigen Essentials als leichte Unterhaltung dargeboten.

Aber schon nach anderthalb holprigen Dialogen wird mir klar, dass ich mich wohl ein bisschen zu früh gefreut habe. Das Ganze wirkt eher wie der Auftritt einer in die Jahre gekommenen Laienschauspieltruppe. Irgendwie scheint keines der Kinder wirklich Lust auf das Krippenspiel zu haben, und mir dämmert, dass das Ganze vermutlich eher eine Pflichtveranstaltung ist.

Nur der Engel scheint richtig Bock zu haben. Er grinst die ganze Zeit selbstgefällig von der Kanzel herab und lässt übereifrig seine Flügel flattern, damit auch ja jede:r

Kirchenbesucher:in in der hinterletzten Bank mitbekommt, dass er da oben definitiv zu Höherem berufen ist und sich sowieso gerade in Richtung Hollywood spielt.

In der ersten Reihe kann ich außerdem eine Soccer-Mom-slash-Souffleuse beobachten, die einerseits damit beschäftigt ist, ihrem als Hirten verkleideten Sohn immer wieder aufs Neue seinen ehrlich gesagt nicht sonderlich komplexen Text zuzuflüstern und andererseits mit eingeschaltetem Blitz umständlich jede Menge Aufnahmen fürs familieneigene Fotoalbum macht.

Die anschließende Predigt des Pfarrers gefällt mir da schon ein bisschen besser. Ein zehnminütiger Vortrag, der alles auf einmal ist – Jahresrückblick, Gesellschaftskritik, Poetry Slam – und einem sowohl ein schlechtes Gewissen macht als einen auch motiviert. Gerade als ich dabei bin, mir eine Social-Media-Strategie für die Kirche auszudenken und in Gedanken schon ein TikTok-Profil erstelle, ist der kleine Pep-Talk schon wieder vorbei, und alle außer mir singen »O du fröhliche«. Nach dem Lied stehen wie auf Kommando alle auf und begeben sich nach draußen.

»Das war's schon?«, frage ich, als wir in einer Reihe stehen, um dem Pastor am Ausgang die Hand zu schütteln.

»Der Pfarrer will auch Feierabend haben«, sagt Jonas' Vater und lacht.

Jonas ergreift meine Hand und zieht mich zügig zum Parkplatz, während sich seine restliche Familie vor der Kirche platziert, um ein Pläuschen mit den anderen Gemeindemitgliedern zu halten.

»Ich hab jetzt keine Lust, mich von den Leuten volllabern zu lassen«, sagt Jonas sichtlich müde.

»Hoffentlich ist deine Mama nicht sauer deswegen«, gebe ich zu bedenken.

»Ach, ist mir auch egal. Sie weiß genau, dass ich das hasse!«

Ich gebe Jonas einen Schmatzer, fische die Zigaretten aus meiner Handtasche und stecke mir eine zwischen meine Lippen. Während ich das Feuerzeug suche, wippt Jonas von einem Fuß auf den anderen.

»Musst du jetzt eine rauchen?«

»Äh, ja?«

»Meine Mutter wird das im Auto riechen.«

Jonas schaut mich an wie ein getretener Hund, nimmt mir die Zigarette ab und stopft sie zurück in die Packung, die wiederum in seine Jackentasche. Ich weiß, was er mir damit sagen will: Jetzt nicht!

Schmollend lehne ich mich an das Auto. Jonas hat natürlich recht, das weiß er, das weiß ich, aber der Tag lief bisher überhaupt nicht so, wie ich es mir vorgestellt hatte, und ich möchte mich jetzt wenigstens kurz wie ein bockiges Kind benehmen. Ich glaube sowieso, dass die anderen Neubauers mich bis jetzt maximal seltsam oder zumindest unpassend für Jonas finden, da muss ich nicht auch noch wie ein Bahnhofsaschenbecher stinken. Mein Freund kennt mich gut genug, um zu wissen, dass er mich jetzt einfach nur kurz in Ruhe lassen muss. Bis die restlichen Familienmitglieder da sind, hab ich mich schon wieder abgeregt und strafe Jonas nicht mehr mit Schweigen.

»Das hätte schon für eine Zigarette plus Mundspülung gereicht«, flüstere ich ihm spöttisch zu, als wir wieder im Auto sitzen. Er antwortet nicht, sondern zwickt mich nur in die Seite.

9

Zu Hause angekommen, müssen wir unsere Schuhe vor der Tür ausklopfen. Jonas' Mama stellt sich in den Haustürrahmen und beobachtet jeden Einzelnen dabei. Eintritt wird nur gewährt, wenn alles zu ihrer Zufriedenheit ausgeführt wurde – und das obwohl wir unsere Schuhe sowieso ausziehen müssen. Jeder außer mir hat seine eigenen Hausschuhe mitgebracht. Jedes noch so kleine und unwichtige Detail wurde in dieser WhatsApp-Gruppe besprochen, nur das nicht!

Auf die Frage hin, wieso mir das keiner mitgeteilt hat, bekam ich von Herrn Neubauer nur ein verständnisloses »Ist doch klar wie Kloßbrühe!« als Antwort.

Mir war das allerdings überhaupt nicht klar wie Kloßbrühe. Wer bei türkischen Familien zu Besuch ist, bekommt Hausschuhe von den Gastgebern gestellt. Das erscheint mir nur logisch. Man kann von seinen Gästen doch nicht erwarten, dass sie extra Hausschlappen mitschleppen?!

Also bin ich heute die Einzige, die in Strümpfen durchs Haus stapft. Was aber gar nichts ausmacht, weil die Neubauers nicht nur den Kamin angeschmissen haben, sondern auch die Fußbodenheizung auf Stufe Höllenfeuer hochballern. Es ist also ziemlich warm, was für eine Gesichtsschwitzerin, die ich ja bin, natürlich nicht so schmeichelhaft ist.

Vor lauter Schuhabklopfe- und Hausschuhsucherei hat keiner von uns mitbekommen, dass Bianca und ihre Jungs gar nicht zeitgleich mit uns angekommen sind. Die stürmt nämlich wutentbrannt mit einem sirenenartig heulenden Finn im Schlepptau und auch noch *ohne* ihre Schuhe abzuklopfen durch die Tür. Robert und Theo schlurfen stumm hinterher.

»Finni musste sich im Auto übergeben!«, ruft sie vorwurfsvoll von der Diele ins Wohnzimmer und zieht dem wimmernden Jungen die vollgekotzte Jacke aus. Sie lässt ihn in der Diele stehen und tritt näher zu uns.

»Er hat *das hier* gegessen!« Bianca hält etwas Kleines hoch, was ich nicht genau erkennen kann. Jonas versucht, sich ein Kichern zu unterdrücken. Schlagartig wird mir bewusst, was es ist. Es ist mein Lippenpflegestift. Mit Kirschgeschmack. Anscheinend hat sich Finn ein paar Bissen davon gegönnt. Und überhaupt nicht vertragen.

Mein Herz fängt an, bis zum Hals zu klopfen, und ich traue mich nicht, Bianca direkt anzusehen, aber ich spüre ihre Wut bis hierhin. Gerade als sie den Mund öffnet und etwas sagen möchte, steht Frau Neubauer auf, nimmt Bianca wortlos den angefressenen Labello aus der Hand und geht zu dem heulenden Jungen.

»Oooch, mein armer Finni!«, tröstet sie ihren Enkel.

Bianca wirft mir einen Todesblick zu und begibt sich ebenfalls in die Diele zu ihrem Sohn. Finn muss also gepetzt haben, woher sein verhängnisvoller Snack stammt, sonst hätte mir Bianca bestimmt nicht so einen Blick zugeworfen. Dabei dachte ich, der Kleine spielt in meinem Team, aber auf Männer ist eben nicht mal in jungen Jahren Verlass. Jonas amüsiert sich immer noch prächtig neben mir, was ich ehrlich gesagt ziemlich scheiße von ihm finde, aber ich kann ihn jetzt auch nicht anpflaumen, sonst oute ich mich ja als Labello-Dealerin.

Glücklicherweise haben nur Jonas und seine Mama etwas von dem Kotz-Eklat mitbekommen, die anderen Familienmitglieder verteilen sich auf Esszimmer und Küche und sind mit der Essensvorbereitung beschäftigt oder besser gesagt damit, die Neubauer'schen Koch-Gadgets zu begutachten.

Wenn Essen der Sex des Alters ist, dann dürfte Jonas' Vater mit ziemlicher Sicherheit ein Kamasutrameister sein. Er besitzt vom Bratenthermometer über die Fleischpinzette bis zum Outdoor-Smoker wirklich sämtliche Küchengeräte, die es in den letzten Jahren auf die Must-have-Liste für Midlife-Crisis-geplagte Männer geschafft haben. Meine Landsleute geben mit Autos an, Almans mit dem Thermomix. Wobei ich mir bei Jonas' Vater auch vorstellen könnte, dass er die heimische Küche bald hinter sich lässt und stattdessen am Times Square in New York einen Streetfood-Truck mit German BBQ eröffnet.

Gerade streift er sich nämlich allen Ernstes schwarze Latex-Handschuhe über, die ich sonst nur von Burgerrestaurant-Bros kenne. Er jongliert mit Messern unterschiedlicher Schärfegrade, um Zwiebeln zu schälen oder Fleischstücke zu parieren.

Parallel dazu huscht er von einem Ende der Küche zum anderen, überprüft dabei den Füllstand seines Dampfgarers und die Temperatur der unter dem Backofen installierten Warmhalteplatten. Man muss aufpassen, dass man ihm zum einen nicht in die Quere kommt und sich zum anderen sowieso nicht zu lange in der Küche aufhält. Denn ansonsten wird man genötigt, einem faktengespickten Referat über die haargenaue Herkunft des gerade von ihm zubereiteten Fleisches oder die Bodenbeschaffenheit der für die Soße benötigten Karotten zu lauschen.

Die Leidenschaft, mit der Jonas' Vater sich hier in die Essenszubereitung nicht nur einbringt, sondern sie nach und nach komplett an sich reißt, um so ein derart umfangreiches

Menü zu zaubern, ist wirklich beeindruckend. Die große Frage ist nur, ob er schon weiß, was sich am Essenstisch gleich unvermeidlich offenbaren wird.

These: In türkischen Familien müssen Kinder heimlich Alkohol konsumieren oder geheime Beziehungen führen, in deutschen Familien müssen sie heimlich vegetarisch oder vegan leben. Und das heißt, dass wir jetzt ein Problem haben. Jonas ist nämlich seit einem halben Jahr Vegetarier, aber seine Eltern wissen nichts davon. Wobei ich zugeben muss, dass ich auch in meiner Verwandtschaft keine:n Vegetarier:in kenne. Wer weiß, vielleicht muss das doch auch bei uns verheimlicht werden.

Ich denke nicht, dass wir heute mit einem Käsebrot davonkommen. Auf dem gedeckten Tisch türmen sich Schüsselchen und Platten voller Essen. Das einzig Vegetarische sind wohl die Kartoffelklöße, wobei ich Herrn Neubauer zutrauen würde, sogar darin Fleisch zu verstecken. Ansonsten ist ausnahmslos alles in Speck gewickelt. Die Bohnen, die Möhren und die Maronen. Aber erst einmal gibt es Suppe – ohne Fleischeinlage, die darf man sich nämlich selbst nehmen oder eben nicht nehmen.

Auf dem Tisch sind reihum Namenskärtchen verteilt; zu meinem Entsetzen wurde mein Kärtchen nicht neben Jonas platziert, sondern ich soll zwischen dem superredseligen, aber manchmal doch übergriffigen Onkel Georg und dem wirklich wortkargen, aber vermutlich vergleichbar problematischen Robert sitzen. Panik steigt in mir auf, ich versuche, Jonas mit Blicken ein SOS zu verstehen zu geben, aber er checkt natürlich nichts, sondern deutet meine aufgerissenen Augen als Frage.

»Was ist denn?«, fragt er laut genug, dass es andere hören könnten.

Ich haue ihm meinen Ellenbogen in die Seite.

»Pssscht! Nicht so laut, man!«, zische ich scharf und füge im Flüsterton hinzu: »Wir sitzen ja gar nicht nebeneinander.«

»Ja, ist doch nicht so schlimm?«, antwortet Jonas naiv und drückt mir einen Kuss auf den Kopf.

Ich weiß nicht, woran es liegt, aber Jonas benimmt sich, seitdem wir hier in seinem Elternhaus sind, wie ein kopfloser Teenager. Mit jeder verstrichenen Stunde in diesem Haus geht gefühlt ein Lebensjahr flöten. Wir kennen uns seit zwei Jahren, aber diese »Stell dich nicht so an«-Seite von ihm kannte ich bisher nicht. Natürlich *müssen* wir nicht nebeneinandersitzen, aber er ist schließlich der Einzige hier, den ich zumindest länger als vierundzwanzig Stunden kenne, und er weiß ganz genau, wie angespannt ich bin, ein bisschen Support durch heimliches Unter-dem-Tisch-Hände-Gedrücke könnte ich also gut gebrauchen.

Jetzt habe ich nicht nur ein schlechtes Gewissen, weil Finn sich wegen mir übergeben musste, sondern auch noch, weil ich Jonas offensichtlich zu viel abverlange. Immerhin sitzt er aber genau gegenüber von mir, was die Sache nur noch halb so schlimm macht, allerdings sitzt ausgerechnet Bianca neben ihm und somit fast gegenüber von mir. Ihr eiskalter Blick in meine Richtung, als sie sich hinsetzt, zeigt ganz klar, dass sie genauso wenig wie ich Lust hat, gegenüber von mir zu sitzen. Na, das kann ja was werden.

Onkel Georg tritt an den Tisch und sucht nach seinem Namenstischkärtchen. Als er sieht, dass er neben mir sitzt, fängt er an, wie ein Honigkuchenpferd zu grinsen, was ich dann doch ganz süß finde. Wenigstens hat einer hier richtig Bock auf meine Anwesenheit. Ich hoffe inständig, dass sich Onkel Georg mit steigendem Pegel nicht als Grabbel-Onkel entpuppt, aber für den Moment nehme ich seine aufrichtige Freude dankbar an.

»Eliiief! Schön, dass du neben mir sitzt!«, grinst Georg mich an.

»Freut mich auch, Onkel Georg!«

»Heee, so alt bin ich aber nicht, nenn mich einfach Georg!«

»Georg!«, sage ich mit fester Stimme.

»Genau!«

»Warum hat der Finni vorhin denn so geweint?«, wendet sich Georg an Bianca.

Bitte nicht. Mein Puls beschleunigt sich, und ich fokussiere meinen Blick auf den Teller vor mir. Ich will auf gar keinen Fall Biancas Todesblick ein zweites Mal sehen müssen, einmal hat mir echt gereicht. Bianca lässt sich mit ihrer Antwort betont viel Zeit, natürlich.

»Finneas hat von irgendwem so einen billigen Lippenpflegestift bekommen und reingebissen.«

Ihr Blick bohrt sich in meine Stirn, aber ich bleibe standhaft und schaue sie nicht an, sondern konzentriere mich auf einen Fussel an meinem Rock, den ich versuche abzuknibbeln. Bloß nicht provozieren lassen, Elif.

»Ahja, interessant«, antwortet Georg und stellt zu meiner Erleichterung keine weiteren Fragen zum Labello-Gate.

Ich schwöre mir selbst, nie wieder ein Kosmetikprodukt zu kaufen, dass nach irgendeinem Lebensmittel riecht oder schmeckt. Nachdem alle am Tisch Platz genommen haben, trägt Jonas' Vater stolz den Gänsebraten auf einem silbernen Tablett ins Esszimmer. Ein Raunen geht durch Menge, fast alle wirken tief beeindruckt, bis auf Jonas. Der hat sich wohl offensichtlich noch keine Strategie überlegt, wie er dem Fleischkonsum entkommen könnte. Da ich eh noch leicht angesäuert bin, werde ich ihm auch nicht unter die Arme greifen. Die vegetarische Suppe kann er bitte schön selber auslöffeln.

Herr Neubauer beginnt, die Gans mit der Präzision eines

Hirnchirurgs zu zerlegen, und seine Frau sorgt dafür, dass auf jedem Teller ein angemessenes Stück Fleisch landet. Als sie bei Jonas ankommt, freue ich mich auf sein Gedruckse. Ein bisschen gemein von mir, aber er soll ruhig mal am eigenen Leib erfahren, wie ich mich die Hälfte der Zeit hier fühle!

Zu meiner Überraschung sagt Jonas aber gar nix zu seiner Mama und nimmt das Stück Gänsebrust einfach nur dankend an. Verdutzt schaue ich Jonas an, aber er ist damit beschäftigt, sich Beilagen auf den Teller zu schaufeln. Vorsichtig versuche ich, unter dem Tisch mit meinem Fuß sein Bein zu ertasten, um ihm einen lieb gemeinten Tritt zu verpassen, aber Onkel Georg unterbricht mich bei meinem Vorhaben.

»Elif, welche Beilagen magst du denn?«, fragt er mich lächelnd.

»Ach, ganz klassisch Klöße und Rotkraut!«

»Die Bohnen kannst du ja nicht, 'ne«, flüstert er mir zu, als dürfte es niemand anderes wissen.

»Hmhm«, nicke ich und hoffe, dass das Schweinefleischthema damit gegessen ist, aber leider bohrt Georg weiter.

»Warum dürft ihr eigentlich nicht … du weißt schon … oink oink …?«, schiebt er vorsichtig hinterher.

Ah, meine Lieblingsfrage, die ich ehrlich gesagt nicht so wirklich gut beantworten kann. Die Gründe dafür sind umstritten und werden von muslimischen Eltern meistens mit »Es steht im Koran geschrieben!« begründet. Das Totschlagargument schlechthin. Was soll man darauf auch antworten? Ich beschließe, die Frage genau wie meine Eltern zu beantworten.

»Das steht im Koran.«

»Ja, aber ich mach doch auch nicht alles, was in der Bibel steht!«

»Es ist mehr Gewohnheit, schätze ich«, versuche ich, das Thema zu beenden, aber Onkel Georg lässt nicht locker.

»Aber Alkohol trinkst du doch auch!«, deutet er auf mein Weinglas.

Es ist in der Tat erstaunlich, wie alle Muslim:innen früher oder später die gleichen Gespräche mit nicht muslimischen Personen führen. Es würde mich nicht wundern, wenn gleich auch noch das Fastenthema aufkommen würde oder, noch schlimmer, die Kopftuchfrage. Als Antwort auf Georgs Vorwurf nehme ich mein Weinglas in die Hand und halte es ihm entgegen.

»Schmeckt halt zu gut, 'ne?«, proste ich ihm zu.

Georg greift lachend nach seinem Glas und erwidert mein Prosten. Dieser Trick klappt einfach immer wieder.

»So«, unterbricht Frau Neubauer unseren Plausch, »zur Feier des Tages spricht Harry jetzt ein Tischgebet.«

Alle um mich herum senken ihren Kopf, alibimäßig senke ich auch meinen.

»Komm, Herr Jesus, sei du unser Gast – und segne, was du uns aus Gnaden bescheret hast«, sprechen alle um mich herum monoton. »Amen!«

»Wir können echt dankbar sein, in der Dritten Welt gibt es nicht mal Weihnachten!«, sagt Tante Claudia unverhohlen. Sie sagt wirklich »Dritte Welt«. Claudia und Georg sind wahrhaftig ein match made in heaven. Georg stimmt seiner Frau nickend zu.

»Die armen Schweine wissen nicht mal was sie verpassen!«, fügt er lachend hinzu.

Mit so viel Ignoranz hab nicht mal ich gerechnet, entsetzt schaue ich Jonas an, aber auch er reagiert nicht. Genau genommen reagiert überhaupt niemand. Alle sind mit dem möglichst gründlichen Leeren ihrer Teller beschäftigt.

»Aber blind drauflosspenden darf man auch nicht«, unterbricht Bianca das Gabelklimpern.

Ich sehe sie fragend an.

»Man weiß ja nicht, wofür die das Geld verwenden! Das ist wie mit den Bettlern in der Stadt, die kaufen sich auch nur Schnaps davon! So was darf man nicht unterstützen!«, sagt sie bestimmend.

Dabei wirft sie mir einen Blick zu, als hätte ich sie höchstpersönlich nach Geld für Schnaps angeschnorrt oder als würde sie mir sagen wollen, dass ich da auch hingehöre.

Ich schaue Hilfe suchend zu Jonas, aber der tut doch wirklich so, als hätte seine Schwester gerade gar nichts Kritikwürdiges gesagt und pikst ein Stück Fleisch auf, das er sich anschließend schnell in den Mund schiebt. Denn wer gerade mit Kauen beschäftigt ist, muss schließlich nicht antworten. Da vergisst der Herr wohl gerne sein Vegetarierdasein. Fieberhaft versuche ich, eine freundliche, aber doch angemessene Reaktion zu finden, aber mir fällt beim besten Willen überhaupt nichts ein, also beschließe ich, das zu tun, was alle tun: essen.

»Was ich dir schon immer mal sagen wollte, Harry«, verkündet Onkel Georg, und ich spüre sofort, dass es jetzt richtig stressig wird, »die Gänsehaut ist mir persönlich nicht knusprig genug.«

Gespannt linse ich zu Jonas' Papa, aber den scheint die Kritik gar nicht zu treffen. Denn er kaut erst mal seelenruhig weiter.

»Da muss ich mal ein anderes Rezept ausprobieren«, antwortet er trocken.

Und damit ist das Gespräch auch schon wieder vorbei. Deutsche sind einfach so pragmatisch, das muss ich nicht verstehen.

Ungefähr die Hälfte meines Tellers ist leer, als Frau Neubauer aufsteht und auf leisen Sohlen zu mir kommt.

»Du müsstest jetzt deinen Nachtisch vorbereiten, Elif.«

Ach, da war ja was! Das habe ich komplett vergessen.

»Ah, ja!«, antworte ich schnell.

»Kommst du, Jonas?«, fordere ich meinen Freund auf. Bevor er antworten kann, mischt sich aber schon seine Mutter ein.

»Lass den Jungen doch essen, ich kann dir helfen.« Ich setze ein gequältes Lächeln auf und schiele zu Jonas. DER EINFACH WEITERISST. Dieser Typ macht mich heute wahnsinnig. Aber gut, lieber stehe ich mit seiner Mutter in der Küche als mit seiner Schwester. In der Küche angekommen, holt Frau Neubauer alle meine mitgebrachten Zutaten aus dem Kühlschrank und reiht sie vor uns auf.

»So, sag mir einfach, was ich machen soll!«, fordert sie mich motiviert auf. So bereiten wir gemeinsam die Nachspeise vor und schieben die vielen kleinen Künefes in den Ofen. Am Ende unserer Kochsession fühle ich mich fast schon wohl in der Neubauer'schen Küche.

Aber als wir ins Esszimmer zurückkehren, muss ich enttäuscht feststellen, dass keiner mehr am Essen ist. Mein halb leerer Teller wurde achtlos auf die restlichen leer gegessenen Teller gestapelt. Jonas starrt abwesend auf sein Handy. Ehrlich gesagt macht es mich schon wieder wütend, dass nicht mal Jonas auf die Idee gekommen ist, dass ich, seine Freundin, noch Hunger haben könnte.

»Hätte es Würstchen mit Kartoffelsalat gegeben, wär dein Essen jetzt nicht kalt geworden!«, unterbricht Onkel Georg meine wütenden Gedanken.

»Aber wird sind ja keine armen Leute!«, fügt er grunzend hinzu und klopft mit der flachen Hand auf den Stuhl neben sich.

Ich puste ganz langsam Luft aus meinen Backen und überlege, was ich Cleveres antworten könnte, aber mir fällt, mal wieder, rein gar nichts ein. Mein Kopf ist wie leer gefegt. Also gebe ich einfach auf und setze mich wortlos auf den Stuhl. Ganz zur Freude von Onkel Georg, der mir gleich Wein nachschenkt. Wenigstens führt das dazu, dass Jonas von seinem Handy aufschaut.

»Na, wie war's?«, fragt er mich ganz unschuldig.

»Gut«, antworte ich kurz und knapp.

Der soll bloß nicht denken, dass alles in Ordnung ist. Übertreibe ich? Vielleicht. Werde ich es ihm später vorhalten? Aber so was von! Almans haben gar keine Vorstellung davon, wie ermüdend es sein kann, ständig solchen Mikroaggressionen ausgesetzt zu sein, da darf man auch mal ein bisschen übertreiben. Jonas weiß das eigentlich auch, und wir haben schon oft Gespräche darüber geführt; er hat auch immer den Eindruck vermittelt, als hätte er es verstanden.

Aber wie sollte er es vollumfänglich verstehen? Er ist kein Betroffener und musste es noch nie am eigenen Leib erfahren, wie es ist, wenn einem Menschen zu verstehen geben, dass man anders ist. Deutsche Eltern wünschen sich zwar immer, dass ihre Kinder anders sind, aber in Wahrheit meinen sie damit: besser als andere Kinder. Sie sollen höchstens mit besonderen Leistungen auffallen, aber bloß nicht mit Aussehen oder Verhalten. Ich wusste zwar, auf was ich mich einlasse, wenn ich eine Beziehung mit einem Deutschen eingehe, ich hatte schon mal einen deutschen Freund, aber ich hatte keine Ahnung davon, was auf mich zukommt, wenn auch noch die Familie ein Teil dieser Beziehung wird. Bei meinem türkischen Ex-Freund war das alles kein Thema, unsere Familien wussten schließlich nichts von der Beziehung. No face no case.

Der Backofen in der Küche fängt an zu piepsen, mein Stichwort, mich wieder dem Dessert zu widmen. Ich verschwinde in der Küche. Ein paar Minuten später taucht plötzlich ein Kopf im Türspalt auf. Es ist Jonas.

»Soll ich dir helfen?«

»Wenn du magst.«

»Ich hätte dir auch vorhin geholfen, aber Mama hat es, glaub ich, viel bedeutet …«

»Hmhm.«

Auch wenn mich das gleich schon viel milder stimmt, habe ich keine Lust, direkt nachzugeben, also drücke ich Jonas einen Löffel in die Hand und schütte schweigend den kalten Sirup auf die vielen kleinen Künefes. Als wir fertig mit Dekorieren sind und die Tabletts mit den Tellerchen füllen, kommt Frau Neubauer rein.

»Kinder, wo bleibt ihr? Es sollte seit zehn Minuten Nachtisch geben!«

»Ja, Mama, wir kommen ja!«

Schnaubend nimmt Frau Neubauer eins der Tabletts und stampft ins Esszimmer. Jonas tut es ihr kopfschüttelnd nach. Am Tisch angekommen, kann ich den überwiegend strahlenden Gesichtern entnehmen, dass sie meine Kreation zumindest optisch ansprechend finden. Nur Bianca schaut leicht angewidert auf ihren Teller. Sie beugt sich nach vorne und schnuppert vorsichtig am Kaymak.

»Was ist *das* denn?«, fragt sie einen Ticken zu provokant für meinen Geschmack.

»Künefe«, antworte ich und setze mein strahlendstes Lächeln auf.

Bianca rümpft ihre kleine Stupsnase, die ich ihr gerade am liebsten brechen würde.

»So, Elif, dann sag uns mal, was du da gezaubert hast!«, unterbricht Herr Neubauer meine Gewaltfantasie.

»Äh, also«, krächze ich. War ja klar, dass meine Stimme

ausgerechnet jetzt die Standhaftigkeit eines pubertierenden Teenagers im Stimmbruch hat. Umständlich räuspere ich mich.

»Äh, das ist Künefe. Engelshaar mit eingebackenem Käse, Rahm als Topping und Pistaziengarnitur«, rattere ich runter, bevor ich mich wieder räuspern muss.

»Na, das klingt ja interessant«, urteilt Herr Neubauer trocken und schlägt seinen Löffel in das Gebilde.

Bianca schiebt demonstrativ den Teller von sich.

»Mir ist das zu süß«, sagt sie selbstgefällig und schaut mich ungeniert dabei an.

»Mehr für mich!«, schaltet sich Georg ein und zieht grinsend Biancas Teller zu sich.

»Wenn ihr Türken eins könnt, dann ist das Süßes!«, fügt er hinzu, während er sich einen Löffel nach dem anderen in den Mund schiebt. Sein Schnurrbart ist schon ganz klebrig vom Sirup.

»Kann ja nicht jeder wie so ein Vogel essen«, schiebt er hinterher und nickt mit seinem Kopf in Biancas Richtung.

»Salat füllt zwar meinen Magen, aber nicht meinen Geist«, lacht Onkel Georg und streichelt sich dabei über den Bauch. Gerade als ich mir einen Höflichkeitslacher rauszwinge, zuppelt mich jemand am Ärmel. Der kleine Finn steht neben meinem Stuhl.

»Wo ist deine Tasche?«, fragt mich Finn.

»Ich will noch so ein Bonbon!«

»Was für ein Bonbon denn?«, frage ich irritiert. Ich habe keinen blassen Schimmer, was der Kleine meint.

»So ein Kirschbonbon!«

Ein Kirschbonbon? Ich hatte in meiner Tasche doch überhaupt keine … genau in diesem Moment fällt mir ein, was er meint.

»Äh, ach so, nee! Die sind leider alle!«, versuche ich, das Thema so schnell wie möglich zu beenden.

Schmollend trollt sich der Junge. Jonas hat unsere kleine Unterhaltung mitbekommen und fängt an zu lachen. Bianca hat unsere kleine Unterhaltung ebenfalls mitbekommen und schaut mich gereizt an. Wir werden definitiv keine Freundinnen mehr.

10

Nachdem alle, bis auf Bianca natürlich, ihr Dessert aufgegessen haben, ertönt ein Klingeln. Jeder erhebt sich von seinem Platz und geht ins Wohnzimmer. Irritiert schaue ich zu Jonas, der ebenso aufsteht und mir mit einer Handbewegung zu verstehen gibt, dass ich folgen soll. Die ganze Familie hat sich vor dem Weihnachtsbaum versammelt, unter dem die Geschenke in getrennte Stapel aufgereiht sind. Herr Neubauer steht mit einer winzigen Glocke in der Hand neben dem Baum und grinst süffisant in die Menge.

»Liebe Neubauers«, beginnt Jonas' Vater seine Ansprache, dann blickt er in meine Richtung, »liebes Fräulein … Ötzkan?«, fügt er hinzu.

Einige Familienmitglieder fangen leise an zu kichern. Ich spüre, wie mir die Röte ins Gesicht steigt, obwohl *ich* nichts falsch gemacht habe. Das habe ich in der Grundschule schon gehasst, den Teil mit den Nachnamen. Es führte und führt heute noch unweigerlich zu Frotzeleien. Mein Vorname geht für die meisten Deutschen klar, ich traue mich mittlerweile sogar, ihn bei Kaffeebestellungen zu nennen, und er steht fast jedes Mal korrekt auf dem Becher. Aber mein Nachname ist nicht nur ausländisch, nein, es ist auch noch ein türkischer Name mit einem Umlaut.

Meine deutschen Mitbürger:innen sprechen ihn dazu auch noch aus wie den Namen eines österreichischen DJs oder wahlweise der namensgebenden Gletschermumie. Beides nicht so tolle Vergleiche. Ein phonetischer Supergau sozusagen. Ich ringe mich zu einem gequälten Lächeln durch und schaue schnell verlegen auf den Boden. Nach einer gefühlten Ewigkeit, die vermutlich nur einige Sekunden andauert, führt Herr Neubauer seine Rede fort.

»Schön, dass wir uns gemeinsam hier versammeln. In wenigen Augenblicken werden wir die Geschenke auspacken, aber denkt bitte daran, das Geschenkpapier nicht zu zerreißen. Evelyn hat eine Recyclingkiste bereitgestellt.«

Belustigt schaue ich in die Runde, aber niemand außer mir scheint den Umstand, dass das Geschenkpapier nicht zerrissen werden darf, wunderlich zu finden. Klar, das ist nicht albern, aber mein Name schon, oder wie?!

Herr Neubauer macht sich daran, die *echten* Kerzen zu entzünden, und Frau Neubauer schenkt Champagner aus. Ich glaube, jetzt geht endlich der spaßige Teil des Abends los. Hoffentlich. Jonas und ich schnappen uns ein Glas Schampus und setzen uns an den Rand des großen Sofas. Wir sitzen keine Minute, da kommt schon der ältere Neffe von Jonas, Theo, zu uns geschlurft.

»Habt ihr ein Geschenk für mich?«, fragt er ungeniert und schaut abwechselnd zu Jonas und mir.

»Ja, klaaar haben wir ein Geschenk für dich!«, entgegne ich in meiner liebsten Piepsstimme.

»Komm, wir schauen mal, wo es ist!«, fordere ich den Jungen auf.

Gemeinsam schlängeln wir uns an den restlichen Familienmitgliedern vorbei, die alle noch dabei sind, jeden einzelnen Dekoartikel an und um den Baum herum zu begutachten. Ich lasse meinen Blick über die verschiedenen Stapel schwenken. Dafür, dass sich die Erwachsenen eigentlich nur Kleinigkeiten schenken sollen, gibt es hier ganz schön viele Pakete. In der hintersten Ecke steht unser Geschenk für Theo.

Vorsichtig schiebe ich mich am Baum vorbei und ziehe das recht große Päckchen zwischen den anderen Schachteln raus. Ehe ich Theo sein Geschenk überreichen kann, kommt schon seine Bianca angehechtet und reißt mir das Paket aus den Armen. Sie muss uns beobachtet haben, so schnell reagiert nicht mal eine Mutter. Ich zucke unweigerlich zusammen, damit habe ich nun wirklich nicht gerechnet.

»NEIN!«, schreit Bianca. Ich komme mir vor wie ein Hund, der beim Gassigehen etwas aus einer Mülltonne gefischt hat.

»Erst wird gewürfelt!«

Gewürfelt? Von was redet diese Frau? Verwirrt schaue ich sie mit großen Augen an.

»WAS wird gewürfelt?« Ich funkle sie angriffslustig an.

Ich hab so was von die Schnauze voll von Biancas schnippischer Attitüde, dass ich gut und gerne bereit bin, einen Streit vom Zaun zu brechen. Theo schmeckt der Verlust seiner Beute so kurz vor dem Ziel natürlich überhaupt nicht, und er fängt an, unkontrolliert zu brüllen. Jetzt habe ich es also geschafft, beide Kinder an einem Tag zum Weinen zu bringen. Auch eine Leistung.

In dem Moment taucht Jonas neben Bianca auf.

»Was ist denn hier los, Bibs?«, wendet er sich zu seiner Schwester.

»Nichts. Alles gut!«, antwortet sie ihrem Bruder zuckersüß und drückt ihm das Paket in die Hand, bevor sie ihren weinenden Sohn aus dem Raum leitet.

»Was war das denn?«, schaut mich Jonas fragend an.

»Na, DAS wüsste ich auch gern!«, entgegne ich entgeistert. »BIBS hat was von Würfeln geschwafelt!«

»Ach so, ja, wir würfeln, wer welches Geschenk öffnen darf«, antwortet Jonas. Ich schaue meinen Freund verdutzt an.

»Du wusstest davon?«

»Ja.«

»Wieso hast du mich dann das Geschenk holen lassen, wenn es noch nicht ausgepackt werden darf?«

»Ich hab mir nichts dabei gedacht.«

»Soll ich dem Kind das eingepackte Geschenk präsentieren und sagen: ÄTSCH, BÄTSCH, auspacken darfst du noch nicht?«

»Ja.«

»Du willst mich doch verarschen?!«

»Nein, wir machen das halt so!«

»Ja, das hab ich schon verstanden, aber das musst du mir doch auch *sagen*, ich kann das doch nicht riechen!«

»Aber ist doch klar, dass man ein Geschenk nicht *einfach so* auspackt!«

»Wie denn sonst?«

»Die anderen müssen es doch sehen!«

Ich gebe auf. Bei dieser Alman-Logik komme ich nicht hinterher, und Jonas versteht mein Problem sowieso nicht. Ich rolle als Antwort meine Augen und gehe zurück zu meinem Champagnerglas. Ich lasse mich genervt auf die Couch fallen und leere das Glas in einem Zug. Erst jetzt bemerke ich, dass mich alle stumm anglotzen. Ich nicke wortlos und hebe mein leeres Glas. Jonas' Mama reagiert sofort und kommt mit der Champagnerflasche zu mir geeilt. Lächelnd schenkt sie mir nach.

»Mach dir keinen Kopf«, haucht sie mir mütterlich zu.

Wenn sie den Schlagabtausch mit Bianca mitbekommen hat, dann haben es die anderen ebenfalls mitbekommen. Yeah, wieder ein Punkt mehr auf dem Peinlichkeitskonto. Wenn der Abend so weitergeht, dann tritt genau das ein, was ich eigentlich mit meiner ganzen Angepasstheit vermeiden wollte: Jonas erkennt, wie wenig ich doch in seine Familie passe, und nächste Woche sind wir getrennte Leute. Also bis jetzt funktioniert mein Plan, die perfekte potenzielle Schwiegertochter zu sein, äußerst schlecht.

Ich reiße meine Augen weit auf, um potenzielle Tränen gar nicht erst entstehen zu lassen. Aber am liebsten würde ich einfach drauflosheulen. Als hätte Jonas meine Katastrophengedanken gelesen, setzt er sich neben mich und nimmt meine Hand in seine. Ich drücke sanft zu, was er mit einem Drücker erwidert. In unserer Sprache heißt das: Es tut mir leid.

Die anderen verteilen sich auf die übrigen Sitzplätze. Herr Neubauer lässt den Deckel eines Brettspiels, in dem zwei Würfel liegen, rumgehen. Jeder darf mal würfeln. Wer eine Sechs würfelt, darf sich von seinem Geschenkestapel ein Geschenk aussuchen. Ich hab zwar keine Ahnung von Mathematik, aber ich kann mir denken, dass die Wahrscheinlichkeit, eine Sechs zu würfeln, bei zwei Würfeln nicht ganz so hoch ist.

Dementsprechend dauert das Prozedere lang. Sehr lang. Genug Zeit für mich, um jeden genau zu beobachten. Jonas' Großeltern sitzen schweigend auf den beiden Sesseln am Rand des Zimmers und nippen an ihren Verdauungsschnäpschen. Ich bin mir nicht mal sicher, ob die beiden meine Anwesenheit überhaupt bemerkt haben, immerhin haben sie mich nicht mit kritischen Blicken gemustert, sondern nur ihre Töchter, also Jonas' Mama und Tante Claudia, hin und her gescheucht.

Irgendwie tun mir die beiden Senioren leid; so wenig Aufmerksamkeit, wie ihnen geschenkt wird, kann ich das Rumkommandieren fast schon nachvollziehen, ansonsten würde sich nämlich niemand hier um die beiden kümmern. In türkischen Familien sieht das meistens doch ganz anders aus, und die Ältesten werden verehrt und verwöhnt – ganz egal, wie giftig sie auch sein mögen.

Wenn ich an die Großeltern meiner deutschen Freund:innen denke, dann fällt mir auf, dass in ihren Familien das genaue Gegenteil der Fall ist. Irgendwann, wenn Oma und Opa zu alt werden und vielleicht nicht mehr ganz so fit im Kopf sind oder die Wehwehchen immer doller werden, sie also vielleicht sogar gepflegt werden müssen und so gar nicht mehr in den Zeitplan passen, werden sie einfach im Altersheim geparkt.

Während ich so darüber nachdenke, wie es Jonas' Großeltern wohl damit geht, dass sie derart ignoriert und außen vor gelassen werden, fällt mir noch etwas anderes auf: Man wird hier beim Auspacken der Geschenke von jedem gemustert. Jeder Handgriff wird genau studiert. Und die Reaktion des Beschenkten auf das Geschenkte erst recht. Hier reißt keiner das Papier freudig auseinander. Jeder knibbelt vorsichtig den Tesafilm weg und reicht Frau Neubauer anschließend das unversehrte Geschenkpapier, was sie wiederum sorgfältig auf ihren Knien faltet und in die Holzkiste legt. So ein zivilisiertes Weihnachten habe ich wirklich noch nie erlebt.

Den größten Gefühlsausbruch gibt es tatsächlich im Hinblick auf die Fragestellung, ob man Geschenke im von der Klimakrise gebeutelten 21. Jahrhundert denn überhaupt noch einpacken darf oder nicht.

»Dieses ganze gebleichte Papier«, sagt Jonas' Mutter fast schon empört, »und dann werfen das die Leute gleich nach dem Auspacken einfach wieder weg! Ich bügle das Papier ja immer und kann es dann im nächsten Jahr noch mal verwenden.«

»Secondhandverpackung, ja?«, frotzelt Georg, »dann muss man die Geschenke ja auch gar nicht mehr einpacken!«

»Ja, gut«, meldet sich Bianca zu Wort, »dann kann man auch gleich die Geschenke weglassen!«

»Na, DAS wäre ja noch schöner! Dann kann man Weihnachten auch gleich ganz abschaffen!«, beendet Georg den Schlagabtausch. Seine Frau Claudia versucht zu schlichten:

»Mensch, hört doch auf, rumzuspinnen jetzt, jeder darf seine eigene Meinung haben!« Bianca verdreht genervt ihre Augen.

In meiner Familie lief das mit dem Weihnachtsfest bedeutend wilder ab. Kaum bei meiner Tante angekommen, stürzten wir uns wie kleine Aasgeier auf die Geschenke. Und schlugen uns fast die Köpfe ein, wer das bessere Geschenk ergattert hat. Im Laufe des Tages hatte also jeder mal geheult, geschrien und um sich gehauen. Aber am Ende teilten wir dann doch alles, und jedes Kind durfte mit dem Spielzeug der anderen spielen. Die einzigen Kinder hier, Theo und Finn, sitzen gelangweilt auf dem Boden, was ich gut verstehen kann. Bis jetzt gab es nur farbloses Holzspielzeug und Funktionskleidung für die beiden. Da wäre ich auch enttäuscht.

Passend zur gelangweilten Stimmung laufen im Hintergrund einschläfernde deutsche Weihnachtslieder. Die Unterhaltungen drehen sich ausnahmslos um die erhaltenen Geschenke, jeder zweite Satz besteht aus »Das ist ja praktisch« oder »Nett!«, untermalt mit dem kratzenden Geräusch eines Bleistiftes.

Denn Jonas' Mama schreibt gründlich mit, wer wem was schenkt. Ihrem stillen Kopfgeschüttel nach findet sie das ganze Hin-und-her-Geschenke gar nicht mal so toll.

»Heute kann es ja passieren, dass der Amazon-Bote sogar kurz vor der Bescherung noch mal klingelt. Schrecklich, diese Konsumgesellschaft«, stellt sie ungefragt fest.

Oma Barbara pflichtet ihr durch energisches Nicken bei. Da aber offensichtlich niemand Lust hat, auf seine Geschenke zu verzichten, ignorieren alle gepflegt ihre wohl doch berechtigte Kritik.

Nach über einer guten Stunde sind wir mit dem Auspacken durch. Fazit: Deutsche Kinder bekommen je nach Altersklasse entweder pädagogisch wertvolles Holzspielzeug oder teure Apple-Produkte geschenkt. Es gibt nichts dazwischen. Sogar Jonas hat ein teures Notebook von seinen Eltern bekommen, dabei verdient er nicht nur seit Jahren sein eigenes Geld, sondern hat zu Hause auch das neuste Modell stehen. Da fällt mir auf, dass eine Sache fehlt. Nämlich unser Geschenk für die Jungs.

»Wo ist denn das Geschenk für Finn und Theo?«, frage ich Jonas.

»Hm, keine Ahnung, vorhin war es noch hinten beim Baum. Ich geh mal gucken.«

Ich beobachte Jonas dabei, wie er unter dem Baum, hinter dem Baum und in jeder anderen Ecke des Wohnzimmers sucht. Ohne Erfolg.

»Mama! Wo ist denn das große Paket, das wir mitgebracht hatten?«, ruft Jonas ihr in die andere Ecke des Raumes zu.

Frau Neubauer scannt kurz den Boden und geht zu ihrem Sohn. Ich stehe auf und gehe mit.

»Ich weiß es nicht, Bärchen.«

»Vorhin war es noch da«, kratzt sich Jonas am nicht vorhandenen Bart.

Seine Mutter begibt sich auf die Suche in den anderen Zimmern, Tante Claudia klinkt sich ebenfalls in die Suche ein, und

Jonas und ich schauen noch mal im gesamten Wohn- und Essbereich nach. Im Augenwinkel sehe ich, wie Bianca uns mit ihren Blicken verfolgt. Für eine Unbeteiligte verhält sie sich meiner Meinung nach ganz schön auffällig.

»Frag doch mal deine Schwester«, teile ich meine Vermutung mit Jonas.

»Wieso denn sie?«

»Frag sie doch einfach mal«, dränge ich ihn, also geht er zu seiner Schwester, die auf dem Boden kniet und ihre Kinder zum Spielen mit dem Holzspielzeug animiert, oder es zumindest versucht.

»Hast du unser Geschenk für die Jungs gesehen, Bibs?«

»Ja.«

»Und wo?«

»Ich hab es in den Keller gebracht.«

Jonas schaut seine Schwester fassungslos an.

»Das ist negativ konnotiert, weil Theo vorhin deswegen weinen musste!«, erklärt Bianca überzeugt. Jonas starrt sie immer noch an.

»Du brauchst mich nicht so anzugucken, *deine* Freundin ist schuld, nicht ich!«, sagt sie extra ein bisschen lauter, damit es mir auch bloß nicht entgeht.

Wow. Okay. Damit habe ich nicht gerechnet. Mein Puls steigt explosionsartig an. Nach Jonas' Blick zu urteilen reißt er ihr gleich den Kopf ab. Ehrlich gesagt freue ich mich schon ein bisschen darauf. Aber anstatt seiner Schwester jetzt die Leviten zu lesen – ich kann kaum meinen Ohren trauen – sagt er nur »Okay« und bleibt wie angewurzelt stehen. Mir wird schwindelig.

Wer ist dieser Mann, und was hat er mit meinem Jonas gemacht? Mir reicht es, ich hab die Nase voll. Ich verlasse kommentarlos das Zimmer und gehe schnurstracks in das Untergeschoss und reiße jede einzelne Zimmertür auf. Tante Claudia folgt mir wortlos und murmelt empört vor sich hin.

»Was sie sich wieder rausnimmt ... das gibt es doch nicht!«

Im Kruschtelzimmer werde ich endlich fündig. Unser Geschenk für die Kinder liegt achtlos auf dem Boden. Ich schnappe mir das Paket und halte es triumphierend Claudia hin, die nur freudig in die Hände klatscht. Wir gehen hastig zurück ins Wohnzimmer.

Ohne Umschweife trage ich den doch recht großen Karton zu den beiden Jungs, die immer noch auf dem Boden sitzen. Bianca sitzt ebenfalls noch bei ihnen, und Jonas steht nach wie vor stumm wie bestellt und nicht abgeholt daneben. Demonstrativ und mit einem Hauch zu viel Schwung, stelle ich das Geschenk direkt vor Finn und Theo ab.

»Das ist für euch, Jungs!«, verkünde ich mit einem breiten Grinsen und schaue Bianca direkt in die Augen, die mich entsetzt ansieht. Wie zu erwarten rasten die Jungs komplett auf das unverhoffte Präsent aus und zerfetzen das Geschenkpapier. Zum Vorschein kommt ein riesiges, buntes Spielzeug-Parkhaus.

Ihre Stimmen überschlagen sich vor Freude. Alle Versuche von Bianca, die Jungs zur Ruhe zu ermahnen, scheitern. Augenrollend gibt sie auf und zieht beleidigt ab. Tante Claudia hingegen bestaunt lautstark den Haufen aus Plastik. Ganz zu meiner Freude.

»Komm, ich helfe euch beim Aufbauen!«, schlage ich den Jungs vor und setze mich zu ihnen auf den Boden. Jonas setzt sich neben mich und legt vorsichtig seinen Arm um meine Hüfte. Er spürt, dass ich innerlich koche. Ich bin unglaublich enttäuscht von seiner Passivität, dass ich ihn nicht mal ansehen kann. Er hätte seiner Schwester doch wenigstens jetzt mal Paroli bieten können!

Ich habe schon den ganzen Tag das Gefühl, dass er nicht wirklich zu oder hinter mir steht, und sein Schweigen bestärkt dieses ungute Gefühl nur noch mehr. Ich erwarte ja gar nicht, dass er einen riesigen Streit mit seiner Schwester anzettelt oder meine vermeintliche Ehre vor seiner Familie verteidigt, aber ein bisschen mehr Jonas-und-Elif-*Teamgeist* von seiner Seite würde mir schon reichen.

Umständlich versuche ich, einen winzigen Reifen an eines der Plastikautos zu schrauben, aber meine Hände sind so zittrig, dass es mir partout nicht gelingen mag.

»Soll ich dir helfen?«, fragt Jonas kleinlaut. Sein schuldbewusster Tonfall löst sofort ein schlechtes Gewissen in mir aus, aber ich bleibe standhaft. Wir haben uns noch nie so richtig gestritten, und mein erster Besuch bei seiner Familie ist auch nicht unbedingt der beste Zeitpunkt für unseren ersten Streit, aber den Mist hat er sich wirklich selbst eingebrockt.

»Nein, danke«, zische ich zurück.

»Bist du sauer?«

»Was denkst du denn?!« Entgeistert starre ich Jonas an. »Was war das bitte für eine Scheiße?!«

»Was meinst du?«

»Wie, was meinst du? Na, deine Schwester!«

»Bianca meint das echt nicht so!«

»Wie sie es meint, ist mir ehrlich gesagt scheißegal, aber dass du NICHTS dazu sagst, das kapier ich nicht!«

Jonas schaut mich als Antwort einfach nur an. Der dumme Reifen des Spielzeugautos hat sich inzwischen total schief auf dem Gewinde verhakt, und ich pfeffere das Ding wutentbrannt auf den Boden. Ohne etwas zu sagen, stehe ich auf und stampfe in den Flur. Als ich im Begriff bin, an der Küchentüre vorbeizugehen, stoppt mich Jonas' Vater, der gerade mit seiner Frau dabei ist, das Geschirr in die Spülmaschine zu räumen.

»Guck mal, Elif, ein Moslem!«, verkündet Herr Neubauer kichernd.

Irritiert schaue ich ihn an, bis hinter ihm Bobby der Labrador von Onkel Georg auftaucht. Mit einem Geschirrtuch um seinen Kopf gewickelt. Herr Neubauer findet seinen geschmacklosen Gag scheinbar so gut, dass er mir auffordernd zunickt. Verstört schaue ich abwechselnd zu dem Hund und zu Jonas' Vater.

Bobby findet den schlechten Witz anscheinend genauso schlimm wie ich, so wie er seine Rute einzieht; Herr Neubauer hingehen lacht sich kaputt. Angespannt bohre ich meine Nägel in meine Handinnenflächen und überlege fieberhaft, wie ich *darauf* bitte reagieren soll. Langsam komme ich mir vor wie in einem schlechten Film oder mindestens wie in einem billigen YouTube-Format.

»Papa!«, meldet sich Jonas plötzlich hinter mir.

In meiner Schockstarre hab ich gar nicht gecheckt, dass er mir hintergelaufen ist.

»Was denn?«, antwortet Herr Neubauer belustigt.

Jonas schüttelt nur den Kopf, was mein Zeichen ist, zu gehen. Ich laufe energisch in den Flur und fange an, an den Jacken in der Garderobe rumzufummeln. Da taucht Jonas hinter mir auf.

»Bleib doch mal stehen!«

»Ich stehe doch!«

»Willst du jetzt gehen, oder was?«

»Was? Wie kommst du darauf?«

»Weil du deine Jacke suchst?«

»Ich suche nicht meine, sondern *deine* Jacke!«

»Was willst du mit meiner Jacke?«

»Oh, Jonas, was wohl. Du hast meine Kippen konfisziert, schon vergessen?«

»Die sind da nicht mehr.«

Perplex drehe ich mich zu Jonas.

»Wo denn dann?«

»Ja, weg halt.«

»Wiiie weg?«

»Ich hab sie versteckt!«

»Du hast WAS?!«

»Weg! Versteckt!«

»Ihr Neubauers versteckt wohl gerne Dinge, hm?«

»Was soll das denn heißen?«

»So wie deine nette Schwester!«

»Oh man, Elif, stell dich doch nicht so an!«

»Sag mir, wo die Zigaretten sind.«

Jonas zeigt mit ausgestrecktem Zeigefinger auf seine Schuhe, die auf einer Lage Zeitungspapier liegen. Hat der Typ die Schachtel doch tatsächlich in seinem Schuh versteckt. Der spinnt doch. Ich ziehe die zusammengequetschte Schachtel aus dem linken Sneaker und schnappe mir meinen Mantel. Da taucht Jonas' Mutter im Flur auf.

»Oh, geht ihr irgendwohin?«

»Nein, nein, Frau Neubauer …« Bevor ich den Satz beenden kann, unterbricht sie mich.

»Nenn mich doch lieber Evelyn«, bietet sie mir sanft lächelnd an.

»Evelyn, ich wollte eben eine Zigarette rauchen gehen.«

»Oh, das wusste ich nicht«, erwidert sie erstaunt, sie schaut etwas pikiert auf meine Füße.

»Warte mal, da gebe ich dir einen Aschenbecher!«

Ich folge ihr zurück in die Küche, Jonas schlurft hinterher. Frau Neubauer, also seit eben auch Evelyn, sucht in mehreren Küchenschränken nach einem geeigneten Gefäß. Nach ein paar Minuten, in denen Jonas und ich uns nur betreten anschweigen, holt sie aus einer der Schubladen einen kleinen knallbunten Aschenbecher hervor und drückt ihn mir in die Hand.

»Bei uns wird so was nicht gebraucht, deswegen wusste ich nicht, wo ich es verstaut hatte«, sagt sie entschuldigend.

»Bei uns«-Sätze gehören für mich zu den Top Ten der nervigsten Dinge, die Almans von sich geben. »Bei uns gibt es so was nicht« oder »Bei uns ist das nun mal so« oder »Bei uns wird das so gemacht«. Ich könnte die Liste endlos lang weiterführen. Dankend nehme ich die kleine Schüssel entgegen und gehe gar nicht auf den »Bei uns«-Satz ein. Sie meint es vermutlich nicht mal ansatzweise abwertend, ich bin einfach nur überreizt. Bei näherer Betrachtung fällt mir auf, dass es gar kein richtiger Aschenbecher ist, sondern eher eine Tapasschale. Auch gut. Evelyn schaut mir wieder auf die Füße.

»So kannst du aber nicht auf die Terrasse gehen, Elif«, sagt sie ermahnend.

»Zieh wenigstens meine Hausschuhe an.« Sie schüttelt sich die Birkenstocks von den Füßen und schiebt sie mir hin.

»Das ist aber lieb, ich kann aber auch meine Schuhe anziehen.«

»Wir gehen nicht mit Straßenschuhen auf die Terrasse«, erklärt Frau Neubauer.

Sie schließt mir die Terrassentür auf, bevor sie sich wieder ins Wohnzimmer verabschiedet. Die Erklärung ergibt für mich zwar überhaupt keinen Sinn, aber ich habe auch gar keine Kraft mehr, irgendetwas infrage zu stellen. Also schlüpfe ich in die viel zu großen Schlappen und ziehe meinen Mantel an. Jonas steht immer noch rum wie Falschgeld.

»Bleib doch mal da, Canim.« Jonas greift nach meiner Hand, aber ich habe gerade so was von keine Lust auf Versöhnung.

Eigentlich will ich nicht mal wirklich eine rauchen, sondern einfach nur an die frische Luft. Alleine.

»Nee, Jonas, ich brauch ’ne kurze Verschnaufpause!«

»Warum bist du denn jetzt *so* empfindlich?« Ich werfe Jonas einen fassungslosen Blick zu; mein eigentlich verständnisvoller und netter Freund entpuppt sich gerade als Klischee-Mann. Gibt es in einem Streit eigentlich einen schlimmeren Vorwurf, als auf der Sensibilität eines Einzelnen rumzuhacken?

»Merkst du eigentlich noch irgendwas?«

»Was meinst du denn?«

»Ich darf mir den ganzen Tag so dumme Sprüche anhören, und dich juckt es nicht mal!«

»Hä? Wer hat denn was gesagt?«

»Äh, hallo? Bianca zum Beispiel?«

»Ach, die. Du darfst meine Schwester nicht so ernst nehmen! Die ist halt so.«

»Du checkst nicht mal, was ich mir heute alles anhören musste, oder?«

»Na ja, du sagst es mir ja auch nicht!«

»Genau das ist doch mein Problem, Jonas! DU CHECKST ES NICHT!«

»Dann erklär es mir doch, bitte!«

»Den ganzen Tag schon darf ich mir passiv-aggressive Kommentare von deiner Familie anhören!«

Jonas schaut mich beschämt an; er weiß eben doch genau was ich meine, er will es sich selbst nur nicht eingestehen. Ich verstehe gar nicht, wieso er so ahnungslos tut. Die Wahrheit mag wehtun, aber er ist sonst immer der Erste, der seine Freunde zurechtweist oder problematische Aussagen hinterfragt, nur wenn es um seine eigene Familie geht, ist er anscheinend genauso ignorant wie jeder Klischee-Alman. Jonas schaut mich immer noch bedröppelt an, aber sagt nichts.

»Was sollte das bitte mit dem Kopftuch?«, schieße ich nach.

Jetzt ist mir alles egal, dann wird eben gestritten, denke ich mir.

»Ja okay, das war ein dummer Witz, aber Papa hat es doch nicht böse gemeint.«

Es ist Jonas sichtlich unangenehm, dass ausgerechnet sein Vater so eine fürchterliche Respektlosigkeit vom Stapel gelassen hat. Mir ist durchaus bewusst, dass dahinter keine echte, böse Boshaftigkeit steckt, aber alleine der Versuch, daraus einen Kopftuch-Moslem-Witz zu zaubern und dann auch noch den armen alten Hund des Onkels miteinzubeziehen?

Come on, das geht auch klüger. Gebt euch wenigstens Mühe bei den rassistischen Witzen. Ich habe, seit ich denken kann, jeden erdenklichen Türken/Moslem/Ausländer-Witz gehört, den ein Alman-Boomer-Vater sich vorstellen kann.

»Ja, natürlich hat er es nicht böse gemeint, aber respektlos war das doch trotzdem, und du sagst nicht mal was!«

»Ich hab doch was gesagt!«

»Du hast PAPA gesagt und sonst nichts! Den ganzen Tag schon sagst du am liebsten NICHTS!«

Jonas schaut mich an wie ein getretener Hund. Aber ich komme erst so richtig in Fahrt.

»Du stehst überhaupt nicht für mich ein, Jonas! Anstatt mich zu unterstützen, verhältst du dich so, als wär ich nicht dein Problem!«

»Aber das stimmt doch gar nicht!«

»Doch, Jonas! Ich empfinde es genau so!«

Mir schießen die Tränen in die Augen. Ich hab keine Lust, in der Küche der Neubauers zu weinen, die restlichen Familienmitglieder sitzen nur ein Zimmer weiter, die sollen das bloß nicht sehen. Bei so viel Drama bekommt Opa Helmut sonst noch einen Herzinfarkt, der sah bei der Bescherung schon nicht mehr so taufrisch aus.

Ich lasse Jonas in der Küche stehen und stürme auf die Terrasse. Es ist arschkalt. So kalt, dass ich vergesse weiterzuheulen. Die eiskalte Luft in meinem Gesicht tut gut und holt mich von meinem imaginären Schlachtross wieder runter. Ich zünde mir eine Zigarette an, obwohl mir sowieso schon ganz schwindelig von der Diskussion ist. Aber egal, Hauptsache, einen Grund haben, hier draußen zu sein.

11

Jonas steht immer noch in der Küche und starrt mich sichtlich zerknittert durch die Terrassentür an. Aber das geschieht ihm recht. Damit er nicht noch weiter versucht, mich mit seinem Trauerkloßgesicht weichzuklopfen, quetsche ich mich an den Blumenkübeln vorbei, um von der Küchenterrasse zur Wohnzimmerterrasse zu gelangen.

Insgeheim wünsche ich mir, er würde nachkommen, was er natürlich nicht tut. Wenigstens kann ich von hier aus gut, und vor allem unbemerkt, das Gewusel im Wohnzimmer betrachten.

So von außen sieht alles auf den ersten Blick ziemlich perfekt aus. Ein schönes großes Haus, toller Weihnachtsbaum, ein Hund, eine Katze, Eltern, Großeltern, Tanten, Onkel, Kinder und Enkelkinder, erleuchtet von warmweißen Lichterketten. Wie eine kitschige Szene aus einem Feel-Good-Familienfilm.

Und alle sehen so *sauber* aus. Es gibt diese Art von Menschen, die sauberer aussehen als andere. Die Haare liegen etwas besser, die Klamotten sitzen wie angegossen, und die Haut strahlt. Die meisten würden den Look als gepflegt beschreiben, aber das meine ich nicht. Es ist nicht einfach nur der persönliche Grad der Pflege, den mit genug Mühe jeder erreichen kann, sondern eher eine Werkseinstellung.

Jahrelang konnte ich nicht mit dem Finger drauf zeigen, wieso manche Menschen so aussehen und wiederum andere, die genau so viel Arbeit und Geld in ihr Aussehen investieren, nicht. Erst als Erwachsene wurde mir bewusst, was zum Beispiel mich von dieser Sorte Mensch unterscheidet: Sie sind von Geburt an privilegiert. Und das sieht man ihnen meistens an.

Dass es in interkulturellen Beziehungen zu einem Culture Clash kommen kann, war mir durchaus bewusst. Aber dass sich Jonas im Hause seiner Eltern plötzlich zu einem duckmäuserischen Teenager zurückentwickelt … damit hab ich nicht gerechnet. Er wiederum hat wahrscheinlich nicht damit gerechnet, wie viel Drama seine türkische Freundin in sein ruhiges und konfliktscheues Elternhaus bringen würde. Und diese Erkenntnis gehört erst einmal verdaut. Auch Jonas kannte diese unsichere, auf Verteidigung getrimmte Seite nicht von mir, er ist gar nicht der Typ für Zickereien, das ist ihm viel zu anstrengend.

So wie es scheint, hat aber tatsächlich keiner von den anderen etwas von unserem Streit mitbekommen, denn als Jonas das Wohnzimmer betritt, beäugt ihn niemand. Herr Neubauer ruft seinen Sohn zu sich und drückt ihm ein Glas Gin in die Hand. Darauf bin ich ein wenig neidisch, ich könnte jetzt auch einen Schluck vertragen. Aber ich werde den Teufel tun und mich zu ihnen setzen.

Ich weiß sowieso nicht, was passiert, wenn ich wieder reingehe. Es haben sich drei, vier Grüppchen gebildet, die alle jeweils in ihren Unterhaltungen vertieft sind. Eigentlich bleibt mir nur Onkel Georg, der sich mit seinem iPad beschäftigt, mit den restlichen Familienmitgliedern habe ich bisher eh noch nicht so viele Worte gewechselt und fühle mich jetzt auch nicht mehr danach; meine Laune ist so was von im Keller.

Ich könnte allerdings auch meine Wut nutzen und Bianca ansprechen, damit wir unseren Konflikt aus der Welt schaffen – aber ich kenne sie nicht gut genug, um abschätzen zu können, wie sie reagiert. Und noch einen dummen Spruch ertrage ich nicht.

Ich sehe, wie Jonas immer wieder versucht, mich im Dunkeln der Terrasse zu erkennen, aber ich bin geistesgegenwärtig genug und halte die verräterische Glut der Zigarettenspitze aus dem Sichtfeld raus. Vielleicht hat er ja Schiss, dass ich mich einfach aus dem Staub machen könnte. Aber wohin sollte ich bitte in viel zu großen Hausschuhen flüchten? Ich habe weder ein Auto, noch kenne ich mich im tiefsten Sauerland aus.

Ich wusste bis vor ein paar Wochen nicht mal, was das Sauerland überhaupt ist. Über die regionalen und historischen Gegebenheiten in Nordrhein-Westfalen haben mich in der WhatsApp-Gruppe vor allem die männlichen Mitglieder der Familie Neubauer aufgeklärt. Und noch wichtiger als das: Ich möchte Bianca nicht die Genugtuung geben und das Feld räumen. Irgendwie muss ich den Abend hier durchstehen, da führt kein Weg dran vorbei.

Ich zünde mir eine weitere Zigarette an und versuche, mir vorzustellen, wie es wäre, mit jemandem zusammen zu sein, der keine Alman-Familie im Nacken sitzen hat. Dann würde ich heute vermutlich kein Weihnachten feiern, aber wäre vielleicht bei meiner türkischen Schwiegerfamilie zu Besuch. Ob das allerdings besser oder schlechter wäre als das jetzt, da bin ich mir auch nicht so sicher. Das Essen wäre würziger und die Gespräche lauter, aber die Diskussionen – die wären gleich oder im schlimmsten Fall deutlich doller.

Türkische Schwiegereltern sind augenscheinlich komplizierter zu handeln als deutsche. Deutsche Eltern lassen ihre Kinder meistens einfach machen. Sie finden zwar nicht alles, was ihre Kinder veranstalten, gut, aber sie mischen sich grundsätzlich eher nicht ein. Da werden lieber ein paar passivaggressive Kommentare abgelassen – die man getrost ignorieren kann.

Türkische Eltern hingegen sind in vielen Fällen signifikant mehr am Leben ihrer Nachkömmlinge beteiligt und haben auch oft ein Vetorecht. Wenn meine Mutter der Meinung ist, dass ich etwas lieber nicht machen sollte, dann teilt sie mir das unmissverständlich mit, und ich hab mich ihren Wünschen selten widersetzt. Dabei gab es gar keine direkten Verbote, sondern vielmehr unausgesprochene Regeln und Gesetze. Und an die hat man sich zu halten.

Was passiert wäre, wenn wir uns nicht daran gehalten hätten? Keine Ahnung, das ist noch nie vorgekommen! Für mich persönlich stelle ich mir eine deutsche Schwiegerfamilie also deutlich stressfreier vor, weil man dann nicht noch ein Elternpaar im Gremium sitzen hat, nach denen man sich richten muss. Dafür müsste ich mit einem türkischstämmigen Freund aber keine dummen »Wo kommst du wirklich her«- oder »Darfst du das essen«-Fragen anhören. Ein Dilemma.

Ich hatte mir mein Weihnachten also deutlich entspannter vorgestellt, so durchgetaktet hätte doch gar nichts schiefgehen dürfen, aber da habe ich mich wohl geschnitten. Planung ist eben doch nicht alles. Meine Laune und Jonas' unverhoffte Transformation waren die unbekannten Variablen, das Ergebnis lässt zu wünschen übrig.

Es hilft alles nichts … wenn ich jetzt noch eine Zigarette rauche, fällt auf, dass ich fehle. Also drücke ich den Stummel im Aschenbecher aka Tapasschälchen aus und begebe mich wieder auf den Weg ins Innere des Hauses. Im Augenwinkel sehe ich plötzlich hinter dem großen Buchsbaum neben der Küchenterrassentür eine nach Traube-Minze stinkende Rauchschwade aufsteigen. Es ist Patrizia, die sich heimlich rausgeschlichen hat, um eine Runde zu dampfen. Als sie mich erblickt, schreckt sie zusammen.

»Ich wusste nicht, dass du hier draußen bist, Elif!«

Ich halte meine Kippenschachtel hoch und zucke mit den Schultern.

»Ich hab 'ne Pause gebraucht!«

»Ja, ich auch!«, sagt Patrizia und fängt an zu lachen.

Ich überlege kurz, ob ich ihr eine Zigarette anbieten soll, aber heute hat schon ein anderes Familienmitglied meinen Tascheninhalt nicht so gut vertragen, das Risiko möchte ich auf keinen Fall ein zweites Mal eingehen. Also lächle ich sie nur an und verabschiede mich nach drinnen.

»Bitte sag nichts zu meinen Eltern!«, ruft Patzi mir noch hinterher.

Ich verschließe mit Zeigefinger und Daumen meinen Mund und schmeiße den imaginären Schlüssel in ihre Richtung. Wir lächeln uns verschwörerisch an. Unser heimliches Bündnis ist ein kleiner Lichtblick und gibt mir Hoffnung, dass der Abend doch noch eine gute Wendung nimmt.

Die Luft, die mir beim Betreten des Wohnzimmers entgegenschlägt, riecht, als ob ich meinen Fuß in eine Kneipe setzen würde. Stickig, alkoholgeschwängert, ohne Sauerstoff, da fällt mein Zigarettenmuff nicht so ins Gewicht. Trotzdem schleiche ich mich doch lieber erst noch ins Bad, um zu überprüfen, ob meine kurze Heulattacke ihre Spuren hinterlassen hat.

In der Diele kommt mir Bianca entgegen. Die hat mir gerade noch gefehlt. Ich versuche, mir ein Lächeln abzuringen, aber mein Gesicht verzieht sich nur zu einem schiefen Grinsen, als hätte ich auf was Saures gebissen. Bianca würdigt mich allerdings keines Blickes. So unhöflich es auch ist, solch eine offengelegte Dreistigkeit ist fast schon bewundernswert.

Ich nehme all meinen Mut zusammen und bleibe abrupt vor ihr stehen. Sie wiederum hat wohl gar nicht damit gerechnet und läuft ungebremst in mich rein.

»Ups, sorry!«, entschuldige ich mich. Bianca verzieht ihren Mund zu etwas, was man mit viel Fantasie als ein Lächeln interpretieren könnte.

Ich beschließe, den erwachsenen Weg zu gehen und den Elefanten im Raum anzusprechen.

»Du, Bibs, ich wollte deine Autorität vorhin nicht untergraben.«

Warum ich ausgerechnet ihren Spitznamen verwende, ist mir absolut schleierhaft, und nach Biancas Gesichtsausdruck zu urteilen ist sie auch nicht unbedingt erfreut darüber.

»Ja«, antwortet Bianca patzig. »Das versteht man wohl nur, wenn man selbst Kinder hat.«

Einer dieser Sätze, bei dem man als Nicht-Mutter nicht weiß, wie man darauf reagieren soll. Zustimmen kommt nicht infrage, aber widersprechen empfinden die meisten Mütter als vermessen. Eigentlich wollte ich unseren Konflikt aus der Welt schaffen, aber Jonas' Schwester macht es mir nicht gerade leicht. Eine echte Entschuldigung bekomme ich nicht über die Lippen, also nicke ich ihr nur zu und verschwinde schnell im Bad.

Unser kurzes Intermezzo hat mich so aufgewühlt, dass ich direkt wieder heulen könnte. Der Blick in den Spiegel ist da auch nicht so förderlich. Ich sehe nämlich aus, wie ich mich fühle. Mein vormals dezentes Make-up hat sich in jeder noch so klitzekleinen Falte verkrochen, die Wimperntusche krümelt sich in meinen Augenringen, und meine Stirn ist so fettig, dass Herr Neubauer locker ein Stück Fleisch drauf braten könnte. Ich fühle mich also nicht nur wie ein Fremdkörper hier, ich sehe auch noch so aus. Ich schnappe mir eins von den schneeweißen Gästehandtüchern und wische mir damit im Gesicht rum, bis ich wieder einigermaßen normal aussehe. Als ich die Tür öffne, steht Frau Neubauer vor mir.

»Da bist du ja, Elif! Ich habe mir schon Sorgen gemacht.«

Ich komme mir ertappt vor, aber freue mich von Herzen darüber, dass sie meine längere Abwesenheit wahrgenommen hat.

»Ich hab mir ein bisschen die Beine vertreten«, lüge ich. Wenn ich ihr jetzt offenbare, dass ich draußen mit Kettenrauchen und Heulen beschäftigt war, dann kann ich die bisher gesammelten Sympathiepunkte direkt wieder von meinem Konto abziehen.

»Ist alles ein bisschen viel, 'ne?«, dabei hält sie mir sanft den Oberarm. Als hätte sie einen Knopf betätigt, öffnen sich alle Heulschleusen, und ich fange hemmungslos an zu schluchzen. Erschrocken über meinen unkontrollierten Gefühlsausbruch schließt sie mich in ihre Arme.

»Ach, Kindchen, du musst doch nicht weinen!«

Es hilft alles nichts, alle zurückgehaltenen und angestauten Emotionen bahnen sich ihren Weg über meine Augen in Form von dicken, fetten Tränen. Ich muss so stark weinen, dass ich kein Wort rausbringe. Frau Neubauer holt ein Taschentuch aus dem Badezimmer und hält es mir hin; langsam neigt sich meine Heulattacke dem Ende zu, dafür kriecht die Scham in mir hoch.

»Tut mir leid, ich weiß nicht, was mit mir los ist!«

Jetzt ist die Chance, noch irgendwas zu sagen, damit ich nicht ganz so, sagen wir mal, emotional instabil dastehe.

»Jonas und ich haben uns gestritten«, rutscht es mir raus.

Wenn sie und ihre Tochter ähnlich gestrickt sind, dann hab ich soeben komplett verloren.

»Mein Sohn ist manchmal genauso schwer von Begriff wie sein Vater«, stellt Evelyn trocken fest.

»Nimm es ihm nicht übel, aber lass auch nicht alles anstandslos durchgehen!«, sagt sie und tätschelt mir die Backe und verschwindet im Bad. Beflügelt von unserer Unterhaltung beschließe ich, mich der Situation zu stellen. Vielleicht hat das Ausheulen auch seinen Teil dazu beigetragen, auf jeden Fall fühle ich mich ziemlich gut und bestärkt.

Ich gehe schnell die Treppen hoch in das Gästezimmer und überlege kurz, ob ich mich hier einfach für den restlichen Abend verkriechen sollte, aber Frau Neubauers Worte haben mir Mut gemacht, und ich habe die Hoffnung nicht ganz aufgegeben, doch noch ein schönes Weihnachtsfest zu feiern.

Mit ein paar Klecksen Schminke bringe ich mein Gesicht in seinen Ursprungszustand. Die geschwollenen Augen kann ich zwar nicht verbergen, aber mittlerweile müssten alle so angeschwipst sein, dass es niemandem auffallen dürfte. Zurück im Wohnzimmer, gehe ich zu Jonas, der immer noch bei seinem Vater sitzt und sein was weiß ich wievieltes Glas Gin vor sich stehen hat. Auf halber Strecke stoppt mich allerdings Onkel Georg.

»Elif! Ich hab dich schon gesucht!« Aufgeregt wedelt er mich zu sich.

Mist, genau das wollte ich eigentlich vermeiden.

»Guck mal, bei euch gibt es ja Noel Baba!«, hält Georg mir stolz sein Tablet vors Gesicht.

Ich hatte recht, er hat doch ernsthaft die letzte halbe Stunde damit verbracht, Fakten über die Türkei zusammenzusuchen. Wenn ich mich jetzt zu ihm setze, bin ich mindestens die nächste Stunde gefangen.

»Jaja, toll, Georg! Ich komm gleich wieder!« Ohne eine Antwort abzuwarten, lasse ich den verdutzten Mann einfach sitzen.

Hastig flitze ich zu Jonas und seinem Vater auf die Couch, bevor noch irgendein Familienmitglied auf die Idee kommt, mich vollzulabern. Jonas lächelt mich sichtlich erleichtert an. Herr Neubauer ist dabei, über eine spezielle Sorte Gin zu referieren, ich höre nur mit halbem Ohr zu und taste stattdessen unauffällig nach Jonas' Hand.

»Möchtest du auch ein Glas Gin, Elif?«, unterbricht Herr Neubauer seinen Vortrag.

Eigentlich mag ich keinen Gin, und noch eigentlicher bin ich immer noch sauer auf ihn und seinen schlechten Scherz, aber nach der emotionalen Achterbahnfahrt kann ich ein Gläschen Hochprozentigen gebrauchen.

»Ähm, ja, gern, Herr Neubauer!«

Jonas' Vater schenkt mir ein halbes Glas ein und drückt es mir in die Hand.

»Ich bin Harry, und der wird in kleinen Schlucken getrunken!«

Ich proste ihm als Antwort zu und nehme einen großen Schluck. Wie zu erwarten schmeckt der Gin beschissen, aber ich lasse mir nichts anmerken. Ich darf beide Eltern beim Vornamen nennen, das kann ich mir jetzt nicht versauen. Zwei Gins und dreißig Minuten später hab ich den gleichen Pegel wie die beiden Männer erreicht.

Aber Jonas und ich haben immer noch kein Wort miteinander gewechselt. Harry lässt uns gar keine Gelegenheit, irgendetwas zu sagen, immer wieder kommt ihm ein neuer Fakt zu dem Getränk in den Sinn. Wenn ich mich so umsehe, fällt mir sowieso auf, dass das die Lieblingsbeschäftigung von deutschen Männern sein muss: trinken und Vorträge halten.

Onkel Georg schwallt seine Frau Claudia genauso zu wie Fußballer Carlo seine Freundin Patrizia. Sogar der schweigsame Robert ist bei seiner Frau Bianca überraschend redselig.

Nur Oma und Opa reden nicht, weil Opa schläft. Ich kann zwar nicht hören, um was es in den jeweiligen Gesprächen geht, aber nach den gelangweilten Gesichtern der Frauen zu urteilen sind es irgendwelche faktenbasierten Informationen.

Die Gespräche sind in Wirklichkeit Monologe – oder eher Männerloge. Keine der Frauen scheint den Unterhaltungen ernsthaft zu folgen. Das ist mir gestern schon aufgefallen. Jonas' Familie redet, ohne wirklich etwas zu sagen. Es werden mehr oberflächliche Gespräche geführt, unverfängliche Themen angeschnitten und Belanglosigkeiten ausgetauscht. Konstanter Small Talk – nur nicht anecken.

Ich wette, ich könnte das ganze Haus verwanzen und versteckte Kameras installieren und würde die Neubauers trotzdem niemals dabei erwischen, wie sie in ausgewaschenen Jogginghosen auf der Couch mümmeln und unangenehme Gespräche führen oder über ihre wahren Gefühle reden.

Es ist in der Tat erstaunlich, wie Almans untereinander so unverfänglich und zugleich so problematisch sein können. Der Drang, in Ruhe mit Jonas zu sprechen, wird immer größer, was ich auf den Alkohol schiebe, aber Herr Neubauer redet und redet weiter. Mir bleibt nichts anderes übrig, als ihm ins Wort zu fallen.

»Jonas, können wir mal kurz reden?«, tippe ich meinen Freund an.

Anstatt meinen Vorschlag überschwänglich anzunehmen, wie ich es mir in meinem gingeschwängerten Kopf ausgemalt habe, reagiert Jonas gar nicht. Sowohl er als auch sein Vater ignorieren mein Gesuch vollkommen, und Harry redet ungestört weiter. Ungeduldig tippe ich Jonas erneut auf die Schulter, diesmal mit mehr Nachdruck.

»Nur ganz kurz, bitte«, flüstere ich verunsichert.

Als Antwort hält Jonas nur seinen Zeigefinger vor seine Lippen. Er scheint also nicht mit mir reden zu wollen, denn selbst er kann die detaillierten Ausführungen seines Vaters nicht ernsthaft interessant finden, der ist nämlich inzwischen bei den verschiedenen Flaschenformen und Farben angekommen. Er könnte genauso gut Furzgeräusche mit seiner Achsel fabrizieren, das wäre ungefähr gleich spannend.

Beleidigt lehne ich mich zurück und nippe an meinem Glas. Einfach aufstehen wäre unhöflich, vor allem, nachdem ich Harry jetzt schon einmal unterbrochen habe. Ich kann also nur hoffen, dass den beiden bald die Themen ausgehen.

Langsam fängt auch meine Blase an zu drücken, aber irgendwie finde ich nicht den richtigen Zeitpunkt mich zu entschuldigen. Herr Neubauer legt eine kurze Erzählpause ein, um eine neue Flasche Gin zu öffnen. Schnell ergreife ich die Chance und nehme all meinen Mut zusammen. Ich tippe Jonas noch ein letztes Mal an; wenn er jetzt nicht reagiert, dann stehe ich eben einfach auf.

»Jetzt warte doch mal, Elif!«, schnauzt mich mein Freund an.

Äh, hallo? Das ist doch jetzt nicht sein Ernst!

Es ist vielleicht nicht die feine englische Art von mir, jemanden zu unterbrechen, auch noch seinen Vater, aber ich darf ihn nicht mal beim Öffnen einer Flasche stören?! Das ist mir eindeutig zu blöd, und ich lasse die beiden Männer einfach sitzen und gehe auf die Toilette. Ich hatte zwar kurz die Hoffnung, dass Jonas vor dem Klo auf mich wartet, aber es wundert mich auch nicht, dass er es nicht tut. Nur Bobby, der Labrador, liegt schwanzwedelnd im Flur und sieht mich mit treudoofem Blick an.

Ich setze mich zu dem Hund auf den Boden und kraule ihm ein bisschen das weiche Fell. Erst letzte Woche haben Jonas und ich darüber gesprochen, ob wir einen Hund adoptieren sollten. Wir schaffen es nicht mal, einen harmonischen Feiertag bei seiner Familie zu verbringen, wie sollen wir da gute Hundeeltern werden?

In meinem angetrunkenen Zustand denkt sich alles noch viel dramatischer, und ich verabschiede mich gedanklich von dem imaginären Welpen, den wir nie haben werden. Es kullert sogar eine dicke Krokodilsträne über meine Backe.

In dem Moment bemerke ich, wie jemand den Flur betritt. Es ist Jonas. Er setzt sich neben mich und fängt an, den Hund zu streicheln. Der Alkohol ist auch an ihm nicht spurlos vorbeigegangen, seine Augen glänzen verklärt.

»Tut mir leid, Canim.«

Gedankenverloren spielt er an dem Fell des Hundes rum.

»Mir tut es auch leid.«

So sitzen wir beide eine Weile da und kraulen nachdenklich den alten Hund, der die Streicheleinheiten sichtlich genießt. Den ganzen Abend wurde er entweder ignoriert oder von den beiden Jungs durchs Haus gejagt.

»Ich weiß nicht, warum ich zu Hause immer so bin.«

Auf so viel Einsicht war ich nicht eingestellt, also lass ich ihn einfach mal reden.

»Ich hätte dich nicht so im Regen stehen lassen dürfen.«

Jonas nimmt meine Hand und drückt einen Kuss auf ihren Rücken. Vielleicht sind Almans doch gar nicht so viel anders, als es auf den ersten Blick scheinen mag, und sie führen ebenfalls ein Doppelleben. Eins vor und für die Eltern und eins vor und für Freund:innen und Beruf. Mein ganzes Leben lang bewege ich mich in zwei Welten und spiele zwei verschiedene Rollen wie viele andere Kinder eingewanderter Eltern auch. Einmal die Rolle für die Deutschen und einmal die Rolle für die Familie.

Ich springe innerhalb eines Gespräches von Türkisch auf Deutsch, wenn mein Gegenüber beide Sprachen beherrscht. Wenn ich mich unter Deutschen aufhalte, betreibe ich ebenfalls eine Form von Code-Switching und drücke mich aus wie ein echter Alman, sogar mein Tonfall verändert sich. Zwanghaft muss ich meinem Gegenüber beweisen, wie toll und perfekt ich doch der deutschen Sprache mächtig bin.

Und Jonas spielt in seinem Elternhaus eben die Rolle des braven und niemals widersprechenden Jungen. So haben wir also doch mehr gemeinsam, als ich dachte.

Diese Erkenntnis wiederum stimmt mich milde. Wie soll ich jemandem vorwerfen, vor seinen Eltern eine Rolle zu spielen oder in kindliche Verhaltensmuster zu verfallen, wenn ich seit zwanzig Jahren vor meinen Eltern nichts anderes tue, als darauf bedacht zu sein, eine Rolle zu spielen und in kindliche Verhaltensmuster zu verfallen? Am Ende ist es doch so: Wir sind für immer die Kinder unserer Eltern – ob wir wollen oder nicht.

12

Jonas und ich geben uns ein Versöhnungsküsschen und gehen zurück zu den anderen ins Wohnzimmer. Als wir den Raum betreten, verstummen alle Gespräche. Es herrscht so eine unangenehme Stille, nur die leise Weihnachtsmusik dudelt im Hintergrund vor sich hin. Ich merke, wie jeder Einzelne versucht, betont beiläufig zu uns zu schauen, anscheinend war unser Streit nicht ganz so unauffällig, wie ich dachte. Glücklicherweise kommt genau in dem Moment Finn freudestrahlend auf uns zugerannt und wickelt sich um meine Beine.

»Elif!«, keucht er übermüdet, »endlich bist du wieder da!«, als hätte er nur auf mich gewartet.

»Wollen wir spielen?«, fragt er mich mit großen Augen.

Noch bevor ich antworten kann, unterbricht uns seine Mutter.

»Lass Elif und Jonas mal in Ruhe, die streiten gerade!«, ruft Bianca ungeniert durch den Raum, so, dass es auch ja alle mitbekommen.

Monatelang habe ich mir vorgestellt, wie das erste Kennenlernen mit Jonas' Familie ablaufen könnte, aber zu keiner Zeit habe ich mit seiner Schwester als Überraschungsendgegnerin gerechnet. In der Weihnachts-WhatsApp-Gruppe hatte sie immer beharrlich geschwiegen, und ich hielt sie einfach nur für eine beschäftigte Mutter oder für schüchtern.

In Wirklichkeit war sie wohl eher damit beschäftigt, das Geschriebene und Geschickte stillschweigend zu verurteilen. Ich überlege fieberhaft, was ich Schlagfertiges antworten könnte, um sie in ihre Schranken zu weisen, doch Jonas unterbricht meine Rachegedanken.

»Wir spielen gerne mit dir, Finni!«

Er nimmt seinen Neffen auf den Arm und meine Hand in seine, bevor er sich Bianca zuwendet.

»Reiß dich mal zusammen, Bibs!«

Nach Biancas Blick zu urteilen hat Jonas mit dem Satz ins Schwarze getroffen, denn ihr Kopf läuft hochrot an.

»Ihr habt doch jedem die Stimmung versaut mit eurem Gezicke!«

Jonas setzt Finn seelenruhig auf dem Boden ab und lässt sich neben ihm auf seine Knie nieder, ich hingegen stehe wie angewurzelt daneben. Die überraschenden Widerworte von Jonas gegen seine Schwester lassen mir das Herz bis zum Hals schlagen. Streit unter Geschwistern ist für Außenstehende immer unangenehm, noch schlimmer, wenn man auch noch der Grund für den Streit ist.

»DU zickst hier rum, Bianca«, erwidert Jonas ganz gefasst, »wie immer.«

Nervös springt Frau Neubauer auf und fängt an, laut klimpernd Gläser wegzuräumen, als würden ihre Kinder über das Geklimper vergessen, weiterzustreiten. Herr Neubauer räuspert sich hingegen verlegen, aber mischt sich nicht weiter ein.

»Du torpedierst doch unser Weihnachtsfest!«, schmettert Bianca ihrem Bruder an den Kopf.

Jonas fällt alles aus dem Gesicht; noch ehe er etwas entgegnen kann, höre ich mich plötzlich sagen:

»Wenn du ein Problem mit mir hast, dann kannst du mich ruhig direkt ansprechen, Bianca.«

Ich nehme all meinen Mut zusammen und schaue Bianca mit festem Blick direkt in die Augen. Die Gespräche der anderen Familienmitglieder verstummen. Bianca ist baff. Sie hat offensichtlich überhaupt nicht damit gerechnet, dass ich mich zu Wort melden könnte. Ich auch nicht, aber es tut unheimlich gut, einfach das zu sagen, was ich seit Stunden denke. All das Zurückhalten und höflich Lächeln über den Tag hat mich wahnsinnig angestrengt. Vielleicht sogar so sehr, dass ich mich gerade frage, ob ich mich deshalb mit Jonas gestritten habe. Wenn ich mich etwas mehr wie ich selbst verhalten hätte, dann wäre es vermutlich gar nicht erst so weit gekommen. Wie kann ich ihm vorwerfen, in kindliche Verhaltensmuster zurückzufallen und eine Rolle für seine Familie zu spielen, wenn ich doch exakt das Gleiche hier abziehe? Bianca unterbricht meine Gedanken mit dem schlimmsten Satz, den sie mir in dem Moment hätte sagen können:

»Ich weiß nicht, warum du überhaupt hier bist, ihr feiert doch nicht mal Weihnachten!«

Da ist er. Der wahre Grund für ihren Unmut. Natürlich ausgerechnet DAS. *Ihr feiert doch nicht mal Weihnachten. Ihr.* Sie sagt nicht *du,* sie sagt *ihr.* So eine Aussage habe ich höchstens von Oma Barbara erwartet oder mit viel Pessimismus von Onkel Georg, aber garantiert nicht von einer jungen Frau Mitte dreißig. Anstatt vor Wut zu platzen, hab ich einen dicken Kloß im Hals. So unerwünscht habe ich mich das letzte Mal gefühlt, als ich, noch zu Schulzeiten, alleine im Flur warten musste, während meine beste Freundin Annika zu Mittag aß.

Auch zwanzig Jahre später weiß ich noch ganz genau, wie es sich damals angefühlt hat, mit knurrendem Magen von ihrer Mutter in den Flur geleitet zu werden. Da saß ich alleine auf den kalten Fliesen und habe still und heimlich geweint. Danach wollte ich nie wieder mit Annika spielen. Ich wünschte, ich wäre einfach zu Hause geblieben. Damals wie heute.

Jonas steht auf und geht wutentbrannt auf Bianca zu.

»Es reicht, Bianca! Am besten gehst du jetzt!«

»Du kannst mich nicht rausschmeißen, Jonas!«

Ich kann nicht glauben, was sich hier gerade für Szenen abspielen, und bereue umgehend meine provokante Frage.

Hätte ich doch einfach meinen Mund gehalten!

»Natürlich feiert Elif Weihnachten«, klinkt sich Biancas Mann Robert plötzlich ein, »das hat sie Georg vorhin beim Essen erzählt.«

Den ganzen Tag spricht dieser Mann kaum drei Worte, und jetzt springt er ausgerechnet für mich in die Bresche. Bianca ist über den spontanen Wortbeitrag ihres Mannes genauso überrascht wie wir, denn es hat ihr die Sprache verschlagen.

»Das stimmt! Elif liebt Weihnachten!«, bestätigt Onkel Georg Roberts Aussage.

»Wir alle lieben Weihnachten«, hängt sich Harry auch noch an mein Support-Team dran und schaut seine Tochter fordernd an. »Und deswegen versauen wir es uns auch nicht, ja?«

»Ja«, antwortet Bianca zähneknirschend und weicht meinem Blick aus. Ich möchte ungern die Sorte Mensch sein, die Schadenfreude empfindet, aber ich kann mir ein kleines Grinsen nicht verkneifen. Es ist ihr sichtlich unangenehm, sie sieht aus wie ein Lamm auf der Schlachtbank.

Jonas allerdings lässt sich nicht so einfach besänftigen und steht immer noch vor seiner Schwester.

»Du musst dich noch bei Elif entschuldigen!«

»Ist schon okay«, sage ich schnell. Ich will einfach nur, dass es endlich vorbei ist, aber Jonas lässt nicht locker.

»Ich bestehe darauf!«

Bianca atmet tief ein, und ich sehe ihr an, dass es sie deutlich Überwindung kostet, an dieser Stelle nicht nur klein bei, sondern auch ihrem Bruder recht zu geben.

»Es tut mir leid, Elif. War nicht so gemeint«, zwingt sie sich zu einer Entschuldigung. Es ist mir durchaus bewusst, dass sie *denkt,* es nicht so gemeint zu haben. Aber natürlich hat sie es so gemeint. Hätte sie es nicht vorher schon mal gedacht, dann wäre es ihr auch nicht rausgerutscht.

Bianca ist ein klassischer Fall von »Das wird man ja wohl noch sagen dürfen!«-Sagern. Sie denkt, sie ist tolerant und offen, dabei ist sie es ganz und gar nicht. Sie ist eine privilegierte weiße deutsche Frau, die mich als türkischen Grinch sieht, der ihr traditionelles Weihnachten klaut. Aber wir hatten heute genug Ärger, und meine Nerven ertragen keine weiteren Auseinandersetzungen, also beschließe ich, den Weg des geringsten Widerstandes zu gehen und ihre Entschuldigung anzunehmen. Wenn ich weiterhin mit Jonas zusammen sein möchte, muss ich mit ihr klarkommen, ob ich will oder nicht.

»Schon okay, Bianca.«

Aber Jonas hat offensichtlich noch nicht genug.

»Und wegen des Geschenks der Jungs auch noch!«, fordert er sie erneut auf. Auch dieser Forderung folgt Bianca anstandslos.

»Das tut mir auch leid«, schiebt sie eingeschüchtert hinterher.

Als Antwort nicke ich ihr nur zu. Das waren eindeutig zu viele Entschuldigungen heute, mir schwirrt der Kopf, und in meinen Ohren höre ich meinen eigenen Puls. Ich stelle mir vor, wie es bei meiner Familie ablaufen könnte, wenn ich Jonas zum Bayram-Fest mitbringen würde. Meine große Schwester ist deutlich entspannter drauf als Bianca, sie würde höchstens ein paar lieb gemeinte Alman-Witze reißen.

Die größte Angstgegnerin wäre meine älteste Tante mütterlicherseits, ihr kann es wirklich niemand recht machen. Aber selbst die würde Jonas schlicht und ergreifend ignorieren und höchstens mir gegenüber spitze Kommentare ablassen. Allerdings auf Türkisch, und das versteht Jonas leider, oder in dem Fall zum Glück, nicht.

Wie auch immer, ich weiß nicht mal, ob es dazu kommen wird, denn vielleicht zweifelt Jonas nach diesem wahnsinnigen Weihnachtsfest auch unsere ganze Beziehung an. Er hat sich seinen Heiligabend wahrscheinlich weniger stressig vorgestellt, und mit einer deutschen Petra wäre ihm das sicher nicht passiert, wobei ich mir da bei Bianca nicht so sicher bin. Ich denke, sie hat generell einfach keinen Bock auf Gäste, die noch nicht ein offizieller Teil der Familie sind. Deswegen wollte sie mich auch nicht auf den Familienfotos haben, weil, wer weiß schon, ob ich nächstes Jahr noch dabei bin. So ganz ohne Trauschein.

In Deutschland sind eigentlich alle Arten von Festen eine private Angelegenheit. Weder zu Geburtstagen noch zu Hochzeitsfeiern kann man ungefragt eine Begleitung mitbringen. Nicht mal das in den USA weitverbreitete »plus one«, also einen Gast seiner Wahl zu dem Event mitbringen, ist hier üblich. Geschweige denn die türkische Einladungsregel »Wenn ich eingeladen bin, darf ich meine ganze Familie mitbringen«. Und zur Familie zählen nicht nur die eigenen Kinder oder Geschwister, sondern auch Cousinen und Cousins oder sogar Nachbarn, mit denen man besonders gut befreundet ist.

In der Türkei gilt die Regel: Je mehr, desto besser. Das gilt für Essen, Kinder und Gesellschaft. Also kann ich es Bianca nicht unbedingt zum Vorwurf machen, dass sie mich als störend empfindet. Sie ist so aufgewachsen und kennt es nicht anders. Es ist in ihrer Kultur streng genommen nicht üblich.

Feste und Feiern, selbst ein Abendessen, sind dem engsten Kreis vorbehalten. Da darf man nicht grundlos jemanden mitbringen, genau genommen darf man nicht einmal anrufen. Essen ist nicht etwas Geselliges, es ist privat.

Meine Mutter hingegen würde es als persönlichen Angriff werten, wenn jemand nicht zum Essen bliebe. So weit würde es nicht einmal kommen, sie tischt ungefragt jedem einen Teller voller Essen auf – und wehe dem, der es wagt, es abzulehnen. Das ist zwar noch nie passiert, aber sie wäre wohl bis an ihr Lebensende beleidigt. Ich habe mir bisher nie darüber Gedanken gemacht, wie ich mir mein zukünftiges Weihnachten so vorstelle. So, wie es bisher lief, auf jeden Fall nicht.

Eigentlich wünsche ich mir eine türkische Version von Heiligabend: Meine Liebsten kommen alle zusammen, wir essen, bis uns die Bäuche wehtun, niemand singt, keine Kirche und kein straffer Zeitplan. Bei Familie Neubauer undenkbar. Wenn unsere Beziehung entgegen aller Erwartungen den Ausflug hier überleben sollte, werde ich an Ostern definitiv zufällig krank sein.

Nachdem die anderen merken, dass die Bombe namens Bianca entschärft wurde, fällt die Stimmung zurück in ihren Ursprungszustand: müde und angetrunken. Der Abend neigt sich langsam dem Ende zu. Herr Neubauer hat die Großeltern schon ins Taxi nach Hause gesetzt. Theo und Finn liegen oben schlafend im Gästebett. Es ist auch schon fast 22 Uhr, ergo kurz vor dem geplanten offiziellen Ende des Heiligabends. Die Letzten, die sich verabschieden, sind Tante Claudia und Onkel Georg.

»Schön, dich kennengelernt zu haben, Elif!«, schüttelt mir Georg energisch die Hand, und ich glaube ihm aufs Wort.

Wenn man über die kleineren und größeren Fauxpas hinwegsieht, war er neben Jonas' Mama am herzlichsten zu mir.

Und das, obwohl er in der WhatsApp-Gruppe mit Abstand die schlechteste Figur abgegeben hatte. So kann man sich täuschen. Claudia und ihre Tochter Patrizia nehmen mich beide sogar kurz in den Arm. Patrizia flüstert mir ein leises Danke ins Ohr, und ihr Freund hebt nur stumm die Hand zum Abschied.

Nachdem sich alle verabschiedet haben, helfen Jonas und ich seiner Mama dabei aufzuräumen. Harry verkriecht sich derweil in seinem Arbeitszimmer. Der muss den Abend ganz bestimmt auch erst einmal verdauen. Bianca und Robert haben sich schon vor einer halben Stunde zu ihren Söhnen ins Gästezimmer verzogen. Hoffentlich bekommt er nicht auch noch auf den Deckel, weil er seiner Frau mehr oder weniger in den Rücken gefallen ist. Obwohl ich mir ziemlich sicher bin, dass er es gar nicht so parteiisch meinte, sondern einfach nur eine Tatsache benennen wollte. Aber das werde ich vermutlich nie erfahren.

Gerade als wir fertig sind und Evelyn dabei ist, den Frühstückstisch vorzudecken, ebenfalls eine rein deutsche Eigenart, kommt Harry zurück aus seinem Arbeitszimmer – mit vier Gläsern und einer Flasche Portwein in der Hand. Er schenkt uns jeweils ein großzügiges Glas ein, und wir prosten uns zu. Nach einer halben Ewigkeit, in der jeder für sich den süßen Wein verköstigt, bricht Jonas' Vater die gar nicht so unangenehme Stille.

»Na, das war ja mal ein Fest heute!«

Wir vier schauen uns gegenseitig an und brechen alle zusammen in schallendes Gelächter aus. Mir laufen sogar die Tränen übers Gesicht. Die ganze Anspannung der letzten vierundzwanzig Stunden fällt von mir ab. Die Streitereien, die Emotionen, die neuen Eindrücke, die fremde Umgebung – all das war noch viel anstrengender, als ich dachte. Für Jonas' Eltern war es scheinbar nicht weniger turbulent, auch wenn sie es deutlich besser verstecken können als ich.

»Es tut mir so leid, dass meine Anwesenheit so viel Ärger verursacht hat«, gebe ich schuldbewusst zu, doch Frau Neubauer ist da anderer Meinung.

»Nein, nein! Das war nicht deine Schuld. Unsere Tochter ist manchmal etwas … aufbrausend.«

Liebevoll legt sie ihre weiche Mama-Hand auf meinen Unterarm. »Letztes Jahr hat sie sogar Claudia zum Weinen gebracht.« Ah, jetzt verstehe ich Tante Claudias Motivation, vorhin ihre Nichte in die Pfanne zu hauen!

»Wir haben dich gerne hier, Elif«, fügt ihr Mann hinzu.

Sofort steigt mir die Hitze ins Gesicht; so viel Gefühlsduselei seitens der Neubauers habe ich nun wirklich nicht erwartet. Ich weiß gar nicht, was ich dazu sagen soll. Jonas spürt meine Überforderung und legt den Arm um mich.

»Das haben wir echt, Canim«, pflichtet Jonas seinem Vater bei. Peinlich berührt grinse ich beide an.

»Was heißt das eigentlich?«, fragt Harry neugierig. »Was meinst du, Papa?«

»Na, dieses … tschanim?«

Jonas fängt an zu kichern.

»Das heißt so was wie ›Schatz‹.«

»So was wie Schatz also, hm, so könnte ich dich auch ab sofort nennen, tschanim Evelyn!«

Frau Neubauer winkt ab und zwickt ihren Mann in die Seite. Herr Neubauer lehnt sich zu mir.

»Das mit dem Küchentuch … das war blöd von mir, Elif.«

Er schämt sich offensichtlich sehr für seinen schlechten Scherz.

»Schon gut, Harry. Ich überleg mir fürs nächste Mal einen guten Christen-Witz, dann sind wir quitt.«

Harald ist sichtlich erleichtert über meine Nachsicht und schenkt mir gut gelaunt nach. Als wir auf die Uhr schauen, ist es bereits nach Mitternacht. Nur für mich haben die beiden ihren Tagesplan ignoriert; wenn das mal keine Alman-Liebeserklärung ist, dann weiß ich auch nicht …

13

Am nächsten Morgen fühle ich mich, als hätte mich der Weihnachtsmann höchstpersönlich mit seinem Cola-Truck überfahren, und sehe auch so aus. Die Spuren des vergangenen Tages zeichnen sich deutlich als dunkle Schatten unter meinen Augen ab, und die schlafbedingten Knitterfältchen sind noch ein wenig knittriger als sonst.

Der Umtrunk kurz vorm Schlafengehen hat meinem Elektrolythaushalt den Rest gegeben, und das Geheule tat sein Übriges. Ich sehe auf gut Deutsch richtig beschissen aus. Jonas liegt noch schnarchend im Bett. Ich beschließe aufzustehen und in Ruhe zu duschen. Draußen ist es noch dunkel, aber unten im Erdgeschoss trampeln schon Theo und Finn durch die Gegend. Also müssen Bianca und Robert ebenfalls wach sein, sodass nicht die Gefahr besteht, Bianca überraschend im Bad über den Weg zu laufen.

Mit meinen Klamotten unterm Arm schleiche ich mich ins Bad. Frau Neubauer hat uns zwei von diesen riesigen Duschtüchern hingelegt, genau solche Handtücher hatten früher immer die Einfamilienhauskinder im Schwimmbad dabei. Daran kann ich mich so genau erinnern, weil sie sich mit den Handtüchern immer komplett von den Schultern bis zu den Füßen einwickeln konnten, während ich mein normal großes

Handtuch gerade so um die Hüften legen konnte. Unsere Handtücher gehörten nicht mal unterschiedlichen Kategorien an, außer den bestickten Gästehandtüchern, die meine Eltern zur Hochzeit geschenkt bekommen haben, und die lagen unbenutzt in einem Koffer unter dem Bett.

Nach der ausgiebigen Dusche fühle ich mich bedeutend besser. Als ich zurück ins Zimmer komme, hat Jonas schon unser Bett abgezogen.

»Mama hat mich geweckt.«

Hoffentlich ist nichts passiert, denke ich mir.

»Oh, warum denn?«

»Sie wollte wissen, wie viele Brötchen wir möchten.«

»Haha, wie viele Brötchen wir möchten?«, wiederhole ich irritiert.

»Ich hab dir sicherheitshalber zwei bestellt und mir drei.«

»Du hast sie *bestellt*?«

»Ja, Papa holt die jetzt beim Bäcker.«

Ich weiß nicht, ob es an meiner Müdigkeit liegt oder an Jonas' Alman-Logik, aber mir erschließt sich nicht, warum man vor dem Essen schon entscheiden sollte, wie viel man essen möchte. Wenn ich wie nach dem Goldlöckchen-Prinzip schon vorher immer ganz genau wüsste, wie viel oder wenig ich essen muss, um genau richtig satt zu sein, dann wäre ich eine sehr zufriedene Frau, die niemals ihren Hosenknopf nach den Mahlzeiten öffnen müsste.

»Und was ist, wenn mir zwei Brötchen doch nicht reichen?«, frage ich forsch.

»Dann hättest du drei bestellen müssen«, antwortet Jonas vollkommen ernst. Ich gebe auf. Man muss ja auch nicht alles verstehen. *Ich* muss ja auch nicht alles verstehen, geschweige denn verurteilen.

Auf dem Weg nach unten kommt mir ein vertrauter Geruch

entgegen, den ich aber null zuordnen kann. Es duftet ungewohnt … *würzig*? Auf jeden Fall nicht wie ein klassisches deutsches Frühstück. Jonas erwidert meinen fragenden Blick mit einem verschmitzten Grinsen.

Unten angekommen, kann ich meinen Augen kaum trauen. Auf dem Tisch steht eine große Pfanne Menemen. Das ist ein türkisches Gericht aus Eiern und Tomaten. Und eins meiner Leibspeisen. Herr Neubauer ist gerade dabei seine Kreation mit gehackter Petersilie zu bestreuen.

»Guten Morgen!« Stolz präsentiert er uns den gedeckten Tisch.

»Wie seid ihr denn darauf gekommen, Menemen zu machen?«, frage ich erstaunt.

»Ach, ich hab ein bisschen gegoogelt und dann ein Rezept auf Chefkoch.de gefunden«, antwortet Harry gespielt beiläufig. Es sieht fantastisch aus.

Wir setzen uns an den Tisch, nur Theo und Finn wollen lieber mit ihrem Spielzeug-Parkhaus spielen. Ich habe kurz ein bisschen Sorge, dass Biancas Unmut über das Geschenk wieder aufsteigen könnte, aber auch ihr Ärger scheint sich komplett in Luft aufgelöst zu haben, denn sie lässt die Jungs einfach weiterspielen und setzt sich zu uns. Sogar neben mich.

Erst jetzt fällt mir auf, dass sie und Jonas sich ziemlich ähnlich sehen, beide haben die gleichen blauen Augen ihrer Mutter geerbt, was sie genauso wie Jonas äußerst freundlich wirken lässt. Vielleicht hatte sie gestern ja nur einen schlechten Tag, denke ich. Kann jedem mal passieren, ich habe mich schließlich auch nicht unbedingt von meiner Schokoladenseite gezeigt.

Wir unterhalten uns nett über die verschiedenen Formen der Eierzubereitung, was zwar langweilig, aber eben auch unverfänglich genug für uns beide ist. Ihr scheint ebenfalls kein besseres Small-Ttalk-Thema einzufallen, was mir ganz gelegen kommt, weil ich den gestrigen Tag am liebsten vergessen würde.

Meine Befürchtung, dass sich die Neubauers nur aus Höflichkeit von der Eierspeise nehmen, bestätigt sich ebenfalls nicht. Die Pfanne ist nach zehn Minuten leer gegessen. Sogar Bianca tut es mir nach und wischt am Ende ihren Teller mit einem abgerupften Stück Brötchen sauber. Harry hat sich wirklich selbst übertroffen.

Nach dem Frühstück packen Jonas und ich unsere Sachen zusammen. Evelyn überprüft jede Ecke des Hauses, damit wir auch ja nichts zurücklassen. Sie drückt mir sogar die restlichen Pistazien, die ich für das Künefe mitgebracht habe, in einer winzigen Tupperbox in die Hand. Zusätzlich zu den ganzen anderen Boxen voller Weihnachtsessen. Ich würde fast schon behaupten, dass Jonas' Mama in erster Linie nur alle Reste elegant loswerden möchte, ohne etwas wegschmeißen zu müssen.

Die Absichten meiner Mutter sind nämlich auch gar nicht so uneigennützig, wie sie auf den ersten Blick scheinen mögen. Sie gibt mir immer nur so viel Essen mit, weil sie mich für unfähig hält, mich selbst zu versorgen. Da sind sich deutsche und türkische Mütter in nichts nach, die Intention mag eine andere sein, aber das Ergebnis ist sich ähnlich – sehr viele Boxen und Container voller Essen.

Wir reisen noch vollgepackter ab, als wir angekommen sind. Harry räumt den Kofferraum seines Autos voll, während Jonas und ich uns von den anderen verabschieden. Frau Neubauer drückt mich richtig lieb an sich, und sogar Bianca und Robert nehmen mich kurz in den Arm.

Während wir losfahren, blicke ich noch mal in den Seitenspiegel und sehe, wie alle dem Auto hinterherwinken. Ich drehe mich um und winke verlegen zurück, das ist so kitschig und süß, dass ich mir ganz kurz unwirklich vorkomme. Auch wenn meine ganzen Befürchtungen vor diesem Besuch sich irgendwie fast alle auf irgendeine Art und Weise mehr oder weniger bewahrheitet haben, sind die gestrigen Konflikte heute schon verblasst, und alle meine Ängste, von Familie Neubauer nicht akzeptiert zu werden, haben sich in Luft aufgelöst. War doch alles halb so schlimm! Also Biancas Verhalten war schon schlimm, aber die restliche Familie hat mich mit offenen Armen empfangen. Wäre ich von Anfang an mit diesem Mindset in die Festivitäten gegangen, wäre es vielleicht gar nicht erst eskaliert. Eine sich selbst erfüllende Prophezeiung sozusagen.

Meine Schwarzmalerei war mir schon immer ein Dorn im Auge, und die letzten vierundzwanzig Stunden sind der Beweis dafür, dass ich mir damit mehr kaputt machen kann, als mir lieb ist. Ich habe Jonas von einer ganz anderen Seite kennengelernt, die ich so nicht erwartet habe, und er mich ebenso. Auch wenn wir beide nicht gerade unsere besten Charakterzüge präsentiert haben, fühle ich mich ihm trotz oder gerade deswegen viel näher als vor dem Besuch. Und nach Jonas' zufriedenem Lächeln zu urteilen sieht er es genauso. Dafür bin ich unheimlich dankbar. Dankbar dafür, dass er so ein nachsichtiger und nicht nachtragender Mensch ist. Davon kann ich mir eine dicke Scheibe abschneiden.

Auf der Fahrt zum Bahnhof sagt keiner von uns etwas. Aber es fühlt sich nicht unangenehm an. Sondern irgendwie genau richtig. Ich finde es ganz schön, dass ich mit Jonas und scheinbar auch mit seinem Papa auch mal ein bisschen schweigen kann. Ist ja auch nicht mit jedem Menschen möglich. Ich schließe die Augen und halte mein Gesicht in die Wintersonne, die durch das Autofenster scheint.

»Sooo, da wären wir«, sagt Jonas' Vater, als er den Wagen vor dem kleinen Bahnhofsgebäude parkt.

»Hätte ich jetzt gar nicht gedacht, Papa«, sagt Jonas mit gespieltem Erstaunen. Zum Dank bekommt er von seinem Vater einen kleinen Knuffer auf den Oberarm. Dann dreht sich Herr Neubauer zu mir nach hinten. »Lass dich ja nicht von dem Chaoten hier ärgern.«

»Keine Sorge, Harry, den hab ich schon im Griff.«

Wir steigen aus, holen unser Gepäck aus dem Kofferraum, und ich muss daran denken, wie aufgeregt ich bei meiner Ankunft vor zwei Tagen noch war. Davon ist jetzt nichts mehr zu spüren. Stattdessen fühle ich mich irgendwie wohl. Und unpassenderweise: angekommen.

»Macht's gut«, sagt Jonas' Vater, während er mich feste an sich drückt. »Vielleicht schaffen wir es ja noch mal vor dem nächsten Weihnachten!«

Ich meine für einen Moment zu erkennen, dass seine Augen ein ganz kleines bisschen glasig sind. Was wiederum mir ein Tränchen in die Augen treibt, aber ich reiße mich zusammen. Ich freue mich ehrlich jetzt schon auf den nächsten Besuch und nehme mir fest vor, an Ostern doch nicht von einer ominösen Krankheit heimgesucht zu werden.

Am Bahnhof herrscht gähnende Leere. Die meisten Menschen werden vermutlich erst am zweiten Weihnachtsfeiertag wieder bei ihren Familien aufbrechen. Irgendwie bin ich ganz froh über die Ruhe. Aber ich merke auch, dass ich den Trubel bei den Neubauers ein bisschen vermisse.

Jonas und ich vertreiben uns die Zeit bis zum Eintreffen des Zuges, indem wir uns schon einmal durch die riesige Keksdose aus Blech futtern, die wir von seiner Mutter mitgegeben bekommen haben.

Im Zug ist noch weniger los als am Bahnhof. Wir beanspruchen einen Vierertisch für uns. Jonas verstaut unsere Koffer noch in der Gepäckablage, dann macht er es sich auf seinen beiden Sitzen bequem, zieht die Kapuze seines Hoodies über den Kopf, schließt die Augen und schläft ein. Das Gin-Tasting am gestrigen Abend ist scheinbar doch nicht ganz so spurlos an ihm vorbeigegangen, wie er den Vormittag über behauptet hat.

Ich hole mein Smartphone aus der Tasche und habe endlich Zeit, mal in Ruhe ein bisschen rumzuklicken. Genau in diesem Moment erscheint eine Benachrichtigung auf dem Bildschirm.

»BiancasBabyBoys möchte dir folgen«, steht dort.

Selbstverständlich nehme ich die Anfrage an und scrolle anschließend durch ihren Feed. Gut, mit ihren Ernährungstipps kann ich immer noch nichts anfangen – dafür schmecken die Kekse von Jonas' Mutter einfach zu gut. Aber jetzt, wo wir uns kennengelernt, gestritten und wieder versöhnt haben, ist sie mir gleich schon weniger suspekt.

Ich verteile ein paar Likes an Bilder, auf denen auch Theo und Finn zu sehen sind. Vor allem die beiden Racker habe ich richtig ins Herz geschlossen. Bevor ich mich das erste Mal durch ihr Profil geklickt hatte – und vor allem vor unserem Zusammentreffen –, hatte ich mir ausgemalt, dass ich in ihr eine Verbündete finden würde. Girl Power und so.

Als ich den Feed aktualisiere, erscheint ein neues Foto an erster Stelle. Es ist das Familienporträt von gestern.

»Mutlu Noeller«, steht da tatsächlich, was so viel wie »Frohe Weihnachten« auf Türkisch bedeutet. Aber es steht noch etwas darunter – »📷: @ey_elif«

Bianca hat mich tatsächlich verlinkt! In Influencerkreisen nennt man das dann wohl eine offizielle Freundschaftsbekundung. Ich nehme ihr virtuelles Friedensangebot an, indem ich einen rotbackig lächelnden Emoji ins Kommentarfeld setze. Und so wie das Emoji aussieht, so fühle ich mich in dem Moment auch.

14

Zu Hause angekommen, stellen Jonas und ich fest, dass wir nicht genug Platz im Kühlschrank haben, um die ganzen mitgebrachten Reste zu verstauen. Es bleibt uns also nichts anderes übrig, als das ganze Zeug direkt zuzubereiten und zu verspeisen. Wir überlegen sogar kurz, den Nachbarn was vorbeizubringen, um den Berg an Essen zu bewältigen. Seine Eltern haben uns wirklich alles eingepackt – selbst die Bratensoße wurde in einer Wasserflasche abgefüllt.

Um eine der Tupperboxen ist mit einem Gummiband ein Zettel gewickelt.

»Guck mal wie süß, deine Eltern haben uns eine Nachricht versteckt!«, rufe ich erfreut und halte Jonas das zusammengefaltete Stück Papier hin.

Jonas nimmt mir den Zettel aus der Hand, faltet ihn ohne hinzusehen auf und hält ihn mir zum Lesen hin.

Gans bei 160 Grad Celsius für 15 Minuten Umluft
Soße langsam erhitzen, nicht kochen!
Klöße 5 Minuten im Wasserbad erwärmen

Ich bin enttäuscht. Jonas fängt an zu lachen.

»Ich kenne doch meine Eltern!«

Sogar das Aufwärmen von Resten muss getaktet sein. Ich frage mich, ob die Planerei ein rein Neubauer'sches Phänomen ist oder doch eher ein gesamtdeutsches und ob mir ein bisschen mehr Planung guttun würde. Wenn ich daran denke, wie chaotisch sich mein Alltag manchmal gestaltet, weil ich Dinge vergesse oder nicht fertig werde, dann wünschte ich mir manchmal auch so einen Neubauer'schen Timetable.

Das wäre bei meinen Eltern undenkbar gewesen. Das Einzige, was geplant wurde, waren die jährlichen Ausflüge in die Heimat – und selbst die recht kurzfristig, da würden Herr und Frau Neubauer vermutlich einen Herzinfarkt erleiden. Aber wer alle paar Monate beim Ausländeramt stempeln gehen muss, der hat halt auch nicht so viel Planungsfreiheit.

Während Jonas' Eltern im Januar den Frühbucherrabatt für die Sommerferien abstaubten, vergewisserten sich meine Eltern, dass sie sich in den Sommerferien überhaupt noch in diesem Land aufhalten dürfen. Da war gar kein Platz für langfristige Pläne. Deswegen schiebe ich meinen Widerwillen, lange im Voraus Termine zu vereinbaren, auf meine Eltern.

Und vielleicht fühle ich mich genau deshalb so wohl bei Jonas. Sein anerzogener Drang, nichts dem Zufall zu überlassen, vermittelt einem Chaoskind wie mir Sicherheit. Selbst jetzt in diesem Moment hab ich die Sicherheit, gleich ein perfekt temperiertes Weihnachtsessen aufgetischt zu bekommen, so wie er da am Herd steht und sowohl den Handy-Timer als auch den Topf mit der Bratensoße genau im Blick hat, damit er den perfekten Zeitpunkt nicht verpasst.

Ich würde einfach alles in einen Topf schmeißen, die Herdplatte auf die höchste Stufe ballern und das Beste hoffen. Wird's schmecken oder nicht? Wer weiß das schon! Jonas hingegen weiß es ganz genau. Und dafür liebe ich ihn. Wir balancieren unsere voll beladenen Teller ins Wohnzimmer und setzen uns auf den Boden vor den Couchtisch.

»Hast du eigentlich auf Insta das letzte Bild von Bianca gesehen?«

»Nee, hat sie sich wieder ein Wellness-Rezept ausgedacht?«

»Neiiin! Sie hat das Familienfoto, was ich geschossen hab, gepostet und mich sogar markiert!«

»Das ist aber nett, oder?«

»Ja! Total cool von ihr.«

»Schade, dass du nicht drauf bist.«

»Vielleicht nächstes Jahr …«

»Auf jeden Fall nächstes Jahr!«

Auch wenn der Ausflug zu seiner Familie nicht ideal abgelaufen ist und mein erstes richtiges, deutsches Weihnachten nicht so bilderbuchhaft war, wie ich es mir ausgemalt hatte, muss ich sagen, dass es zumindest Jonas und mich noch ein Stück näher zueinandergebracht hat.

»Canim, ich muss es noch mal sagen: Es tut mir leid, dass ich in manchen Situationen den Mund nicht aufbekommen habe.«

»Schon okay, Schatz. Es ist wirklich egal jetzt.«

»Meine Eltern sind immer so judgy, da verfalle ich echt schnell in alte Muster.«

Es ist ihm also doch viel bewusster, als ich dachte. Und das schlechte Gewissen nagt immer noch an ihm.

»Aber sie mochten dich echt sehr! Mama hat mir noch eine WhatsApp geschickt, als wir im Zug saßen, und es noch mal betont.«

Auch wenn mir das schmeichelt – so ganz überzeugt bin ich davon nicht. Sie war zwar super lieb zu mir, aber eine gewisse Skepsis war durchaus spürbar. Jonas' Eltern hätten bestimmt nichts gegen eine deutsche oder zumindest christliche Schwiegertochter in spe einzuwenden. Eine, die alle Kirchenlieder auswendig mitsingen kann und keine dummen Fragen über Weihnachten stellt.

Zugegebenermaßen habe ich mich auch nicht sonderlich gut angestellt. Der Druck, dieser augenscheinlich perfekten Familie gerecht zu werden, hat mir das Genick gebrochen. Aber so was von. Meine Urenkel werden diese transgenerationalen Minderwertigkeitskomplexe noch therapieren müssen, da bin ich mir sicher.

Ich frage mich, wie Jonas sich wohl bei einer Familienfeier von uns schlagen würde. So wie ich ihn kenne, ziemlich gut. Die paar Brocken Türkisch, die er extra für mich gelernt hat, sind auf jeden Fall genug, um meine Familie zu beeindrucken. Und sein unstillbarer Hunger auf türkisches Essen würde sein Übriges tun. Damit kann er jede kritische Teyze überzeugen.

»Wie fandest du es denn eigentlich so mit mir im Gepäck?«, frage ich Jonas beiläufig. So genau weiß ich das gar nicht. Jonas legt eine kurze Denkpause ein.

»Schön. Ungewohnt. Aber schön.«

»Hmhm.«

»Du nicht?«

»Doch, schon. Aber auch anders als gedacht«, entgegne ich vorsichtig. Was der Wahrheit entspricht. Ich möchte meinem Freund nicht die Laune verderben, aber ich habe doch das Bedürfnis, ihm mitzuteilen, dass ich es mir anders gewünscht hätte.

»Hm«, Jonas legt wieder eine lange Pause ein.

Für meinen Geschmack eindeutig zu viele in den letzten paar Minuten. Schweigen ist selten ein gutes Zeichen. Das bedeutet nämlich, dass man nachdenken muss, bevor man etwas Falsches sagt, was wiederum bedeutet, dass man etwas gedacht hat, was den anderen verletzen könnte. Also legt man eine

Pause ein, um seinen Mund davon abzuhalten, was Gemeines zu sagen und sich lieber eine abgeschwächte Version des Gedachten auszudenken.

Ich will aber lieber die Ursprungsversion hören, die ungefilterte. Auch wenn sie mir nicht gefallen mag, ist es aber genau das, was mein Gegenüber in dem Moment fühlt und denkt. Jonas' Schweigen könnte allerdings auch bedeuten, dass er überlegt, wie er mir am besten verklickern kann, dass ich das nächste Mal besser zu Hause bleiben sollte. Oder noch schlimmer: dass unsere Beziehung keine Zukunft hat.

»Das nächste Mal wird bestimmt besser«, füge ich schnell hinzu.

»Bestimmt«, antwortet Jonas nachdenklich und stochert in seinen Klößen rum. Auweia, hoffentlich habe ich keinen Schluß-mach-Stein ins Rollen gebracht.

Nach dem Essen verkriecht sich Jonas aufs Sofa und ich mich ins Schlafzimmer. Um in Ruhe meine Schwester anzurufen. Ich muss ihr unbedingt von meiner Schwiegerfamilie berichten. So wie ich sie kenne, schielt sie schon alle paar Minuten aufs Telefon. Emine und ich könnten zwar unterschiedlicher nicht sein, aber trotzdem sind wir wie beste Freundinnen. Sie ist nur knapp zwei Jahre älter als ich, aber schon seit drei Jahren unter der Haube.

Sie und ihr damaliger Freund haben heimlich in Las Vegas geheiratet, weil beide keine Lust auf eine große türkische Hochzeit hatten und ihr Geld lieber in ein schmuckes Einfamilienhaus investiert haben. Unsere Tanten reiten heute noch darauf rum und setzen all ihre Hoffnungen, einen Hennaabend mitgestalten zu dürfen, in mich. Meine Tanten haben nämlich zu ihrem Unmut ausschließlich Söhne zur Welt gebracht. Unsere Eltern waren hingegen ganz froh, dass meine Schwester auf eine Feier verzichtet hat. Die ganzen Verwandten aus der

Türkei ranzukarren ist nämlich ein bürokratischer und logistischer Albtraum.

Während ich darüber nachdenke, wo ich mit meinen Erzählungen über die Neubauers anfangen soll, vibriert das Mobiltelefon in meiner Hand. Das ist bestimmt Emine, denke ich. Zu meiner Überraschung ist es aber Jonas' Mama.

Liebe Elif,
Harry und ich haben uns sehr gefreut, dich kennenlernen zu dürfen. Wir freuen uns schon auf euren nächsten Besuch.
LG Evelyn und Harald Neubauer

Irgendwie ist es ganz süß, dass sie mir extra noch mal persönlich schreibt. Vielleicht fanden mich die beiden also doch nett. Eine gewisse Erleichterung macht sich in mir breit. Wenn seine Eltern mir somit ihren Stempel der Zustimmung aufdrücken, dann hat Jonas einen Grund weniger, unser Zusammenpassen anzuzweifeln.

Obwohl ich mir da selber noch nicht so sicher bin. Die Familienfeier hat mir doch etwas zu denken gegeben. Zwischen uns gab es zwar nie Probleme, die etwas mit unseren unterschiedlichen Herkünften zu tun hatten. Klar reite ich manchmal auf seinen typisch deutschen Marotten rum, aber niemals meinte ich sie je bösartig.

Zu seiner Verteidigung muss ich aber zugeben, dass Jonas sich *noch nie* darüber beschwert oder mit einem einzigen Witz über meine typisch türkischen Spleens gekontert hat. Dennoch komme ich nicht umhin, mich zu fragen: Passen wir wirklich zusammen?

Bevor ich Evelyn antworte, muss ich erst mal meine Schwester nach ihrer Meinung befragen. Sie kennt mich gut, und

Jonas durfte sie auch schon kennenlernen. Ich schließe die Schlafzimmertür und klemme mir das Handy zwischen mein Ohr und meine Schulter. Es klingelt.

»Na endlich!«, begrüßt mich Emine ungeduldig, »ich dachte schon, du rufst gar nicht mehr an!«

»Wir haben noch gegessen«, antworte ich entschuldigend.

»Und? Wie war's?«, bohrt sie nach.

»Ganz okay. Meine Schwägerin war ein bisschen heikel, aber Jonas' Eltern sind ganz nette Leute.«

»Aha, also kein Schwiegerdrache?«

»Haha, nein! Keine Horror-Kaynana!«, antworte ich lachend.

Kaynana ist das türkische Wort für Schwiegermutter und wird meist leicht abwertend verwendet. Wobei ich mir gar nicht mal sicher bin, ob deutsche Schwiegermütter überhaupt ein Problem darstellen können. Die mischen sich ja in der Regel nicht so ein wie türkische. Meine Schwester hat auch keine Erfahrungen auf dem Gebiet, ihre Kaynana ist schon vor Jahren zurück in die Heimat gezogen und lässt es sich in der Sonne Anatoliens gut gehen. Also ist zumindest für uns das Klischee des Schwiegerdrachens ein Mythos.

Beim Versuch, meiner Schwester den ganzen gestrigen Tag zusammenzufassen, räume ich Jonas' und meine Reisetasche aus. Von meinen drei verschiedenen Outfits, die ich sicherheitshalber dabeihatte, habe ich genau ein einziges gebraucht. Es war nämlich niemand in der mir von Jonas versprochenen Abendgarderobe da. Beziehungsweise musste ich feststellen, dass ich unter dem Begriff etwas anderes verstehe als Jonas. Zu meinem Glück hatte ich ein schlichtes langes Strickkleid eingepackt, was eigentlich für die Rückfahrt bestimmt war.

Unter Abendgarderobe verstehen die Neubauers nämlich: Die weiblich gelesenen Mitglieder tragen keine Hosen und die männlich gelesenen irgendeine Art von Jackett. Ich hatte aber ein *richtiges* Abendkleid dabei. Damit hätte ich sogar zur diesjährigen Oscar-Verleihung gehen können.

Das Handy zwischen Ohr und Schulter geklemmt, räume ich gerade die Schmutzwäsche von Jonas aus, als mir eine kleine schwarze Schachtel in die Hand fällt. Ohne darüber nachzudenken, öffne ich sie.

Es ist ein Ring. *Es ist ein fucking Ring.*

Am anderen Ende der Leitung plaudert Emine weiter vor sich hin, bevor sie mein Nicht-atmen bemerkt.

»Elif? Bist du noch dran?«

»Hier ist ein Ring.«

»Wie meinst du das?«

»In der Tasche. Ein Ring.«

»Elif, was meinst du? Welche Tasche denn?«

»Jonas'. In seiner Reisetasche.«

»Oh!«

»JA. OH!«

»Oh mein Gott! Pack ihn zurück!«, schreit mich meine Schwester an.

Hektisch stopfe ich die Schachtel zurück in die Dreckwäsche und stelle die Tasche wieder auf den Boden. Mein Herz klopft bis zum Hals, und ich schiele hektisch zur Tür – aus Angst, dass Jonas mich erwischen könnte.

»Emine, was mach ich denn jetzt?«

»Ja sagen! Natürlich!«

»Ich weiß nicht ...«

»Wie, du weißt nicht? Ist der Ring denn hässlich?«

»Nein. Er ist wunderschön!«

Ist er wirklich. Schmal, golden, schlicht, mit ein paar kleinen hellen Steinchen verziert. Einer, den ich mir auch selbst ausgesucht hätte.

»Was spricht denn dann dagegen?«

»Ich weiß es nicht. Damit hab ich nicht gerechnet.«

»Na, das sollte ja auch offensichtlich eine Überraschung werden!«

Ich merke, wie langsam die Tränen in mir aufsteigen. Ob aus Freude oder Trauer, das weiß ich nicht. Vermutlich ist es einfach Überforderung. Schnell beende ich das Telefonat mit Emine. Ich kann jetzt keine ausufernde Pro-Kontra-Liste mit meiner großen Schwester für meine potenzielle Verlobung durchgehen. Dafür liegen meine Nerven einfach zu blank.

Die letzten achtundvierzig Stunden waren, gelinde gesagt, belastend. Ohne mir etwas anmerken zu lassen, gehe ich zu Jonas ins Wohnzimmer. Er liegt noch immer auf der Couch und zappt sich durch das Angebot eines Streamingdienstes. Auch wenn ich mir noch nicht so sicher bin, wie meine Antwort ausfallen wird, möchte ich ihm die Überraschung nicht vermiesen.

15

Die nächsten Tage gebe ich mir die größte Mühe, eine Show vom Allerfeinsten abzuziehen: die Show der Unwissenden. Unerwarteterweise kam der Antrag nicht am zweiten Weihnachtsfeiertag. Dabei ist sich an Weihnachten verloben ein deutscher Klassiker. Jonas hat sich nicht mal besonders viel Mühe mit irgendwas gegeben.

Jeden Tag fläzt er sich in seiner Jogginghose auf das Sofa und zockt PlayStation, liest auf dem iPad oder schaut alte YouTube-Videos – aber an den Ring scheint er dabei nicht zu denken. Ganz im Gegensatz zu mir. In meinem Kopf ist keinerlei Kapazität für irgendetwas anderes mehr.

Nicht mehr lange und ich mutiere zu diesem runzligen Wesen aus »Herr der Ringe«. Wir haben beide noch Urlaub und schlafen dementsprechend lange aus. Besser gesagt, Jonas schläft aus. Ich hingegen wache aufgeregt jeden Morgen viel zu früh mit einer latenten Übelkeit auf, als wäre es *der* Tag der Tage. Aber Pusteblume. Jonas hat es offensichtlich gar nicht eilig mit dem Antrag. Meine Schwester schreibt ihre allabendliche Nachricht mit dem Inhalt »Und?«, auf die ich mal wieder nur mit »Nix« antworten kann.

Seit fast einer Woche spielen wir schon dieses Spiel, aber heute ist es wohl endlich so weit. Denn es ist Silvester. Obwohl wir nur einen gemütlichen Abend zu zweit verbringen wollen, war ich heute extra bei der Maniküre, damit ich später auch ein schönes Ring-am-Finger-Foto verschicken kann. Wir schmeißen den Raclette-Grill an und stopfen unsere Bäuche mit geschmolzenem Käse voll, während im Hintergrund irgendeine alberne Chart-Show läuft. Ich achte sogar darauf, immer wieder mal den Raum zu verlassen, damit Jonas genug Zeit hat, den Ring bereitzulegen.

Mitternacht kommt und geht, aber: kein Antrag.

Jonas pennt sogar kurz nach eins schnarchend auf der Couch ein, somit ist auch das letzte Fünkchen Hoffnung, dass er mich heute fragen könnte, erloschen. Enttäuscht gehe ich ins Bett und lasse meinen Freund einfach liegen. Auch wenn meine erste Reaktion, als ich den Ring gefunden habe, nicht so euphorisch war, möchte ich mittlerweile doch echt sehr, sehr gerne gefragt werden.

Ich meine, gibt es ein schöneres Kompliment als die Frage, ob man sich vertraglich an jemanden binden möchte? Ich finde nicht. Aber langsam habe ich die Befürchtung, dass Jonas von seinem Plan abgekommen ist. Er wollte mich bestimmt an Weihnachten fragen, aber das lief ja so katastrophal, dass er sich das noch mal anders überlegt haben muss. Anders kann ich es mir nicht erklären. Und je länger der Antrag auf sich warten lässt, desto ungeduldiger werde ich.

Am nächsten Tag wache ich verschwitzt und ziemlich verquollen aus einem traumlosen Schlaf auf. Ich schlurfe ins Bad und werfe einen Blick in den Spiegel.

Der viele salzige Käse und der Wein haben eindeutig ihre Spuren hinterlassen. Ich fühle mich selbst wie eine Scheibe fettiger Raclettekäse und sehe auch ehrlich gesagt so aus. Die schlechte Laune tut ihr Übriges. Zähneputzend scrolle ich mich durch meinen Instagram Feed, natürlich hatte jeder ein größeres, tolleres und spannenderes Silvester als ich.

Obwohl ich einen gemütlichen Abend mit Jonas jeder Party vorziehen würde und mir auch gar nicht so viel aus Silvester mache, muss ich doch zugeben, dass mich der Anblick der Happy-Party-Fotos ein bisschen neidisch macht. Ich hätte meine beringte Hand zwar nicht so plakativ im Internet präsentiert, aber bestimmt meinen engsten Freund:innen.

Ich pfeffere das Handy in den Wäschekorb. Wenn ich eins in den letzten Jahren gelernt hab, dann das: Wenn du schlechte Laune hast, dann mach das Handy aus. Heute ist definitiv so ein Tag. Mir schwirrt nur eine Frage im Kopf rum: Warum? Warum fragt mich Jonas nicht? Warum ist er von seinem Plan abgekommen?

Ich befürchte, seine Eltern könnten was damit zu tun haben. So nett sie mich auch fanden, sie denken bestimmt, dass wir zu unterschiedlich sind. Ich dachte immer, deutsche Eltern würden sich nie einmischen, aber da hab ich mich wohl geschnitten. Oder war es Bianca? Oder, noch schlimmer, doch Jonas selbst?

Machen wir uns nichts vor, vermutlich hat er schlicht und ergreifend keine Lust auf Grundsatzdiskussionen mit seiner zukünftigen Frau. Der arme Junge ist das gar nicht gewohnt. Seine Weihnachtsfeste bisher waren höchstwahrscheinlich stressfreier und dementsprechend schöner als das vergangene.

Je länger ich darüber nachdenke, desto mehr versuche ich, mir einzureden, dass es ist, wie es ist, und ich daran auch nichts ändern kann. Während ich mich schon gedanklich auf das bevorstehende imaginäre Mit-mir-Schluss-Machen von Jonas vorbereite und dabei das eine oder andere Tränchen vergießen muss, klopft es an der Badezimmertür. Jonas ist wohl aufgewacht und muss, wie immer, erst mal pinkeln.

»Mmohment«, nuschle ich, den Mund voller Zahnpastaschaum. Nach einer kurzen Pause klopft er wieder, diesmal etwas fester. Genervt spucke ich den Schaum aus und reiße die Tür auf.

»Jaaa, ich bin ja schon fertig!«

Jonas steht ziemlich verpennt vor mir.

»Die eine Minute hättest du auch noch ausgehalten!«, pflaume ich ihn an und drehe mich wieder zum Waschbecken, um mir das Gesicht schnell zu waschen.

»Canim, warte mal kurz«, unterbricht mich Jonas. Verschlafene Diskussionen kann ich gerade echt nicht gebrauchen.

»Was ist denn?« Ungeduldig drehe ich mich um.

Jonas kniet vor mir und hält mir unbeholfen die kleine schwarze Schatulle hin.

»Willst du mich heiraten, Elif?«

Top-Ten-Sätze, die Almans nie wieder benutzen sollten:

- Woher kommst du wirklich?
- Du schuldest mir noch ein Euro zwanzig!
- Die Rechnung bitte getrennt!
- Was kriegst du dafür?
- Wenn es euch hier nicht gefällt, dann geht dahin zurück, wo ihr hergekommen seid.
- Du sprichst aber gut Deutsch.
- Dürft ihr nicht mal Wasser trinken?
- Bei uns gibt es jetzt Essen, du kannst aber hier warten.
- In Deutschland macht man das so.
- Ich hab nur für zwei Personen gekocht.

Top-Ten-Dinge, die man sich von Almans abschauen sollte:

- Listen
- Pünktlichkeit
- Mülltrennung
- Kartoffelsalat
- Fußball spielen
- Straßenverkehrsordnung
- Currywurst
- Reinheitsgebot
- Wandern
- Deutsche Staatsbürgerschaft

Danksagung

Ich danke von Herzen:
meinem Mann Jan, für alles.
Meiner Familie Olcay, Baba und Bobby, meiner Schwiegerfamilie Christine, Martin und Lisa, meinen Freundinnen Fatma, Eve, Pa und Claudi, meinem Agenten Oliver Brauer und meiner Lektorin Pascalina Murrone.